# 未来を覗くH・G・ウェルズ

## ディストピアの現代はいつ始まったか

小野俊太郎 著

HERBERT GEORGE WELLS

勉誠出版

# はじめに　ウェルズはわれらの同時代人

Ｈ・Ｇ・ウェルズは、一八六六年に生まれて、一九四六年に亡くなった。誕生日を迎える前だったので、八十歳には届かなかったが、二つの世界大戦を越えるほどの長寿で、最後まで本を書いていたので、現役作家として人生をまっとうした。

代表作である『タイムマシン』や『宇宙戦争』は、たとえ読んだことがなくても、名前を聞けば、時間旅行や火星人が侵略する話だとすぐにわかるはずだ。そこに『透明人間』を加えると、だいたい世間が持つウェルズのイメージの大半が埋まるだろう。どれも一〇〇年以上前に作られたのに、その題材は小説ばかりでなく映画やアニメやマンガなどで今も使われている。その意味で「ＳＦの父」と呼ばれるのだが、こうした作品は二十世紀へと転換する前後十年ほどに書かれた初期作品なのである。一五〇冊以上の本を出したウェルズは、もっと多面的な作家でもあった。

じつはウェルズが予言したとされるアイデアは多数ある。タイムマシン、異星人の侵略、人間を透明化するといった空想的な内容ばかりでない。薬物や手術による生物の改造、原子爆弾に核戦争、通信網を使った情報の共有、指紋による個人認証の全世界ネットワーク、国際連盟、世界人権宣言などさまざまなレヴェルに渡っている。そうしたアイデアは、ウェルズが入手した知識やヒントを膨らませたものだ。ウェルズの小説は芸術的な完成度は高くないかもしれないが、視覚的な表現、それも映像化したら訴える力を持ち、どこか解剖学的な文章が得意だった。

たとえば、こんな作品はどうだろう。フープドライバー（＝金輪運転者）氏が郊外の道で自転車を漕いでいる時に、ふと女性を目にして追い越そうと迂回したが、彼女の前で大きくこけてしまう。路上にあった金属の物体が、前輪と泥除けの間にはさまり、転倒して路上にたたきつけられたのだ。その一部始終がこっけいなまでに細かく描写された後で、こう続く。

低いヒューンという音がして、ブレーキが鳴り、二つの足が地についた。そして灰色服の若いご婦人が、自分の自転車を抱えて立ちどまった。それから、向きを変えると、彼のところへと引き返してきた。暖かい日差しがその顔にかかっている。「お怪我をなさいましたの？」と言った。その声はかわいらしく、澄んでいて、女性らしかった。本当にまだ若い――実際まだ少女といってよい。でも、なんと上手に自転車を乗りこなしているのだ。苦々しい気持ちになった。フープドライバー氏はすぐに立ち上がると「大したことないですよ」とちょっと後悔しながら言った。砂利で生じた穴に大きなつぎをあてたら、ノーフォーク風のスーツの外観を引き立たせることなどできやしない、と痛いほどに気づいたからだ。「どうもすみませんでした」。

ウェルズの長編第四作目の『偶然の車輪』（一八九六年）で主人公とヒロインが衝突する場面である。正確にいえば衝突を回避したことで二人は出会うことになった。異なる世界の住人が偶然の衝突で知り合いになるのは、ロマンス小説の始め方としては定番だろうが、自転車という世の中に定着しかけたばかりのテクノロジーを絡ませたところに、ウェルズの特徴が表れている。

フープドライバー氏はかつてのウェルズ自身と同じく「服地屋」に勤めていて、当節流行の自転車をようやく手に入れ、服装にも凝ってダンディぶりを世間にアピールしようとしたのだ。それに対して、良家の令嬢で自転車にも慣れたヒロインが「あなたは初心者みたいね」と優越感を示す。実際フープドライバーにとって、今回が初めて自転車で疾走した体験だったのだ。

*"The Wheels of Chance"*
初版書影

そこで起きた遭遇に、階級の違いや、自転車ブームの先端を行く者と後から参加した者との違い、それに世代や男女の違いが書きこまれている。二人は結ばれることはないが、その過程で、自転車というテクノロジーがもたらしたスピード感や自由な空気がしめされ、世紀末のイギリスで大流行だった理由がわかってくる。若い娘は、親や乳母を離れて自由に乗り回し、男たちも田舎道をとばす快感に

BATTERSEA PARK 17

nursery of cycling have developed into a fashionable promenade, and although privileges have been extended to cyclists in Hyde Park, the cream of society still come to Battersea for their morning ride. This is only right, as Battersea Park was the place where the first experiment of

*Cycling in Battersea Park.*

making cycling a fashionable pastime was carried out. But the age of experiments is over, since cycling has become part of the national life.

It was a much-cherished wish of the late Prince Consort that the exhibition building of 1851 (held in Hyde Park, and

2

19世紀ロンドン、バターシー・パークを自転車で走る女性たち
Lady Cyclists in Battersea Park (by Begg, Samuel)

酔いしれる。現在と同じくテクノロジーが人間の感覚までも変えていく様子を、ウェルズは写し取っていた。

しかも、ウェルズは衝突を通じて、対立する価値観を露わにする「演劇的」な手法を好んだ。長編第一作の『タイムマシン』を出したのと同じ年に「演劇評論家の悲しい物語」という短編を発表する。演劇評論に手を染めて、しだいに魅入られて恋人を失いのめり込んでしまう男の話だった。日本ではミュージカル『マイ・フェア・レディ』の原作の『ピグマリオン』（一九一三年）で知られるジョージ・バーナード・ショーとは一時期友人となったが、ショーは小説家になる夢が実現できずに、演劇評論家から劇作家になった人物である。ウェルズはその逆で、演劇評論家になる夢をもっていたのに、小説家になってしまったのだ。

『宇宙戦争』は地球と火星の文明の衝突であり、『透明人間』は透明な男と透明でない人々との衝突だった。こうした有名な作品ばかりでなく、あまり知られていないウェルズのSFや

ユートピア小説と呼ばれる作品群も、「衝突」という観点から眺めることにした。それを通じて、現在の問題点とつながる指摘や解決の提起がなされているのがわかってくる。新しく登場したテクノロジーと古い習慣や考えがぶつかる苦悩があり、テクノロジーをうまく操作できないと暴走して自分たちを危うくするのだ。だがたとえ気持ちの上で新しいテクノロジーを拒絶したところで、それなしには社会を効率よく運営できないというジレンマに直面するのも、現在の私たちと同じなのである。パソコンやスマホで日々経験していることでもある。

多作なウェルズの作品を網羅的に論じるのは不可能だし、同工異曲のパターン、つまり同じ事を繰り返している本も少なくないので効率的ではない。あくまでも翻訳されたSF作品などを中心に考えていくことにする。また、文学史的には『トーノ・バンゲイ』（一九〇九年）などの自伝的な社会小説の評価が高いのだが、現在の日本においては、十九世紀末のイギリスの時代的な雰囲気を味わう以上の価値を持つとは思えないので、最低限触れる範囲にとどめておいた。「われらの同時代人」としてのウェルズは、やはりSFやユートピア小説のなかにいるのだ。

ほぼ製作順に論じたので、おおまかなウェルズの流れはたどれるだろうが、彼の私生活や交友関係を洗っていく評伝を目指しているわけではない。マッケンジー夫妻の『時の旅人』は日本語で読める最良の評伝だろうし、デイヴィッド・ロッジの『絶倫の人』は、女性関係からウェルズを眺めた異色の伝記小説である。ウェルズの人間的側面に関心のある方はそちらを参照していただきたい。ここでの中心はあくまでも作品を通してのウェルズを知ることにある。

※　本文中のウェルズ作品の引用は、先行の翻訳を参照して、原文と照らして適宜変更して使用させてもらった。既存の翻訳がない作品はすべて拙訳である。また、作者の名前は早川書房などの「ウエルズ」ではなくて、東京創元社などの「ウェルズ」を採用した。そして基本的には「ヴ」で表記しているが、「タイムトラベラー」と「タイムトラベル」だけは、長年の馴染みから「ベ」にしている。筒井康隆の『時をかける少女』を石山透がテレビドラマ化した『タイムトラベラー』以来の刷り込みなので、ご容赦いただきたい。

目次

# 第1章
# 歴史の改変と『タイムマシン』

**【『タイムマシン』あらすじ】**

発明家であるタイムトラベラーの話を語り手たちが聞くところから始まる。時間を空間のように旅行するアイデアをまず模型で試す。次に完成間近のタイムマシンを見せるのだ。そして、完成したタイムマシンを使って一週間後に時間旅行から帰ってきたタイムトラベラーは、八十万年後の未来世界での冒険を物語る。そこは地上に小柄な天使のようなイーロイ族が住み、地下には退化したモーロック族が住んでいた。モーロック族はイーロイ族に品物を供給するが、その代りにおぞましいことに彼らを食べていたのだ。タイムトラベラーは、イーロイ族の一人であるウィーナを好きになるが、モーロック族に奪われ、探している最中につけた火が広がり、その中で見失ってしまう。かろうじて八十万年後の世界から逃げ出すと、さらに未来へと旅立つ。人類が滅亡した後の世界を眺めてから、現代へと戻ってきたのだ。その話を聞いた後で、語り手が再び家を訪れたときに、時間旅行へとまた出かけるタイムトラベラーの姿を見かけたのだが、それ以来姿を現していない。

# 1　時間を旅すること

## 現在と未来の衝突

一八九五年にハイネマン社から単行本として出版された『タイムマシン』は、ウェルズの出世作となった。当時の書評でも賛辞を得た。おかげでウェルズの代名詞とまでなったし、時間を移動し旅をするという考えは広く浸透し、「時間旅行《タイムトラベル》」で通じるようになった。過去の自分や起きてしまった事件を変えたいとか、恋の行方から株価までの未来を知りたい、という人間の願望と直結するので、時間テーマのＳＦ小説や映画はたくさん作られてきた。ウェルズはそうした作品群の出発点を作り出した。何度も書き直して出来上がったもので、アイデアは学生時代の議論などから生まれてきた、と一九三一年版の序文でウェルズは説明している。

ただし、時間を旅するとか、過去に行くという話は、ウェルズ以前にも存在していた。日本でも有名な作品では、アメリカのマーク・トウェインの『アーサー王宮廷のコネティカット・ヤンキー』（一八八九年）がある。コネティカット州のハートフォードにいた主人公ハンク・モーガンが殴られたら、なぜかイギリスのしかも中世のアーサー王の宮廷に移動していたという話である。時間と空間を飛び越える論理的な説明は書かれていない。二〇〇〇人の職工を束ね、現代の技師でもあるモーガンが、魔術師のマーリンを敵にまわして、中世の騎士道の世界を電話や自転車で近代化する歴史改変物として知られる。この場合の中世世界とは、時代遅れのアメリカの南部を揶揄していると解釈されている。

また、最近注目されているのは、やはりアメリカの雑誌に載ったエドワード・ペイジ・ミッチェルの「逆行する時計」（一八八一年）である。印刷された最初の「タイムトラベル」小説と推定されている。叔母の残した時計を逆行させることで過去にいけるのではないか、という話が出てくる。そして、雷鳴と雷光のなかで、十六世紀のスペインの攻撃を受けるオランダへと飛んで、友人のハリーと主人公は活躍する。ヘーゲル主義の哲学者が出てきて、「十九世紀が十六世紀へ及ぼした影響を論じた哲学者はまだいない」と豪語する。ニュートンの体系内での時間の逆行を議論しており、これは「タイムトラベルの理論」と「装置」が揃っている点で、ウェルズの作品の先駆けといえそうだ。

"*The Time Machine*"（London, William Heinemann, 1895）初版書影

ただし、両方の作品とも関心を向けているのは、過去への旅であり、過去の改変だった。ところが、ウェルズの作品では八十万年後の未来へと飛ぶし、さらにその先の三〇〇〇万年後まで旅をしてくるのだ。地球や人類の進化の果てに関するウェルズの想像が描かれている。そこ

は「巨大な蟹」や「フットボールほどの大きさで触手を持ち跳ねている生き物」が支配する世界なのである。しかも、未来から帰ってきた男の体験が、はたして現在にどのような影響を及ぼすのかという点も興味深い。

この章では、『タイムマシン』において、現在と未来や過去といった異なる時間の衝突がどのように起きているのかを考えていく。進化論という十九世紀以降の考えの枠組がウェルズの中に入りこんでいったのがわかる。そして、先祖殺しをめぐる「タイムパラドックス」や、過去の「歴史改変」や、未来の「平行宇宙」といったテーマも、じつは『タイムマシン』に眠っていた可能性をそれぞれ広げたものだった。

## 時間旅行の実験と本番

ロンドン郊外のリッチモンドにある屋敷で開かれる集まりで『タイムマシン』は始まる。喫煙室で使う居心地のよい椅子も、主人でもある「時間旅行者（タイムトラベラー）」の発明品だった。語り手の「私」も含めた、医者、地元の町長、心理学者、若者などの参加者に向かって、時間とは「縦・横・奥行き」に次ぐ第四の次元だと力説するのだ。タイムトラベラーの本名はわからないし、語り手も名前を明かさずに物語は進んでいく。

主人公が時間を旅行するのも、時間が四次元目だとすると、直観的な理解を得やすい（ただし、これは幾何学上の四次元の概念とは異なる）。人間は重力のせいで上下には自由に移動できないが、気球を使えば三次元を動けるようになった。そこで、タイムマシンという乗り物を使えば、時間の移動は三次元空間の移動と同じく、四次元空間を移動できるとなるわけだ。そして、タイムトラベラーが持ちだしたのは、一人の男の生涯を四次元の連続体とみなせば、「八歳、十五歳、十七歳、二十三歳の肖像画」は三次元に現れた断面にすぎなくなるという説明だった。

ここでは連続写真のような「持続」をウェルズは考えている。これは一枚一枚の写真をつなげるとパラパラ漫画のようになり、すぐにも「活動写真《ムービング・ピクチャー》」つまり映画を連想させる。写真家のマイブリッジが、馬の疾走の分解写真を一八七〇年代に発表し、連続写真をとるための写真銃まで開発された。そして、エディソンは一八八八年に作った「ブラック・マリア」という施設でカメラの実験を繰り返していた。そしてリュミエール兄弟が「映画」を完成させたのが、まさに『タイムマシン』が発売された一八九五年のことだった。そうした時代の符合

ロンドン―リッチモンド周辺

から「タイムマシンと映画は表裏一体」（巽孝之、光文社古典新訳文庫解説）という見解が出てくるのも不思議ではない。

肖像画と実人生を結びつけて、それがある時点での断片だとするウェルズの発想の先駆者となるのが、オスカー・ワイルドの『ドリアン・グレイの肖像』（一八九〇年）だった。ワイルドの幻想的な物語では、ドリアン本人は齢をとらずに若いままで、肖像画の中のドリアンが衰えていったわけだが、それが最後には逆転する。それまでの時間の流れが一気に押し寄せてきて、ドリアンは老化した姿で死ぬ。本来人間は時空の連続体のはずなのに、ある時点の断片のままで停止していたせいなのだ。では時間旅行中にタイムトラベラーは齢をとらないのだろうか、という素朴な疑問に対するウェルズの答えはない。

主人公のタイムトラベラーは、「光学」に関する学術論文を十七本も発表したアマチュア研究家だと紹介される(1)。お屋敷に住み自前の研究室も持っている。この場合の「アマチュア」とは、進化論者のチャールズ・ダーウィンと同じく、あくせくお金を稼ぐ必要がない身分で研究をしている者のことだった。

さて、タイムトラベラーは、理論の話を聞いていた人々の前に、「小型の置時計くらい」のコンパクトな実験装置を持ちだすと、それが目の前で消えるのを見せつける。そして、すでにタイムマシンの実物が完成寸前だとして公開する。自転車を応用してサドルにまたがるタイプだった。後年ハリウッドで映画化されると乗物としてのタイムマシンにさまざまな形式が採用されるが、これは「はじめに」で紹介した自転車小説ともつながる。時間を移動する乗り物の後継者として印象的なのは、映画の『バック・トゥ・ザ・フューチャー』（一九八五年）に出てきた自動車のデロリアンや続編に登場した蒸気機関車のタイムマシンだろうが、ウェルズは自分が親しんでいる自転車を原型としたのだ。こうして時間を移動するための理論と道具とが揃ったので、タイムトラベラーは時間軸上の別世界へと旅をするのだ。

ここで衝突しているのは、「現在と過去」や「現在と未来」という時間でへだたった世界なのだが、そのままではタイムトラベラーの身体が衝突する可能性があった。タイムトラベラーは、高速の時には体は蒸気のように物体の原子を通り抜けるので大丈夫だと述べ、低速になると他の物質と混じって化学変化を起こすか、他の物質と衝突して爆発するかもしれないと説明する。まさに自爆テロのような話だが、低速になってタイムマシンを停止してみると、そんな心配もなしに放り出されるだけで済んだ。

そのおかげで、木曜ごとに開催される次の晩餐会に、タイムトラベラーは汚れて疲れ切った姿でもなんとか顔を出すことができた。そこで待っていた客の半分はジャーナリストたちだった。彼らは当時の「新しいジャーナリスト」と呼ばれる記者なのだ。スキャンダラスな記事を求めて、話した内容を「一行一シリングで買おう」などと持ちかけてくる。だが、タイムトラベラーは無言のままで、シャンペンと晩餐会の羊肉の食事をがつがつと平らげる。それから、喫煙室で八十万年後の世界へ行って帰ってきた話をするのだ。

それによると、行った先は、地上のイーロイ族と地下のモーロック族に分かれていて、地上は楽園のようだが、じつは地下世界の住人の「食料」となっていた。そしてイーロイ族のウィーナとの淡い恋が語られ、ようやく逃げ出してきたまでの詳細を語っていく。未来に行ってきた証拠となるのは、ポケットに入っていた白い花だけだった。新種の花で、この世にはない植物と思えた。だが、その花に未来世界が夢ではなくて実在すると確信したタイムトラベラーは、再び出かけてしまう。語り手の前で透明になって消えていき、三年たった今でも帰ってきてはいない、というところで全体の話が終わる。

## 八十万年後と退化論

八十万年後の世界では、人類はイーロイ族とモーロック族とに形態も生活習慣も分かれている。この特徴は「資本家と労働者の対立」とタイムトラベラー自身が語るように、ウェルズの執筆当時のイギリスの世相を反映しているだけでなく、人間は「進歩」ではなくて「退化」しているという不安を描きだしていた。ただし、その上下関係は逆転の可能性を秘めていて危ういとも指摘する。とりわけ、搾取し支配しているイーロイ側が、支配されるモーロック側の食料として逆に搾取されている、という逆転と相互依存の構図のせいで、現在にいたるまで『タイムマシン』はおぞましい物語として記憶されているのだ。

この不安の源は「地下」の描き方にある。タイムトラベラーの屋敷があるリッチモンドは、ロンドンの西のテムズ川の蛇行でできた渓谷にあたり、リッチモンド・パークもあり、中産階級の住む郊外住宅地だった。八十万年後には川がさらに蛇行したせいで、現在とは流れや風景が変わっているし、入江がロンドンのすぐ近くにまで来るほど海が浸食してきている。ところが、タイムマシンによって時間は移動しても、空間は移動していないはずなので、未来のタイムトラベラー家の地所の地下に、モーロック族が住んでいることになる（地球も、太陽系も、銀河系も高速で移動しているので、同じ地点に戻れたはずがないと指摘されるが、ここでは無視をしよう）。

小柄で、いつも踊ったり歌ったりして陽気なイーロイ族とは、タイムトラベラーの子孫だろう。彼の食事は召使が作り、家政婦のミセス・ウォチェットも姿を見せる。アマチュア科学者として「労働」をせずに暮らしていける身分である。未来世界の地上は、自然改良で、雑草も動物や鳥も消えたお花畑なのだ。そして草食動物のように、イーロイ族は手近な果物などを食べる「完全な菜食主義者」だった。タイムトラベラーが、八日間未来世界にいて帰ってきたあとで、羊肉をむさぼり食ったのはそれが理由だった。どうやら、タイムトラベラーは菜食主義者になりきれるほど、上流の生活になじんでいなかったらしい。

リッチモンドの地底に、イーストエンドの住民のようなモーロック族が入りこんでいる。都市の地下が拡張されるのは、地下鉄や地下食堂を見ればわかる、とタイムトラベラーは説明する。しかも、未来から帰ってきたタイムトラベラーのけがや服装の汚れから、「浮浪者のまねでもしてきたのだろうか？」と新聞記者の一人が口にするのだ。これには流行とでも言える根拠があった。

当時浮浪者の多かったイーストエンドは「観光」の対象となって、変装して潜りこむ名所になっていた。ホームズは変装の名人で、浮浪者にもなるのだが、これは犯罪捜査のためだった。ところが、ジャック・ロンドンの書いたルポルタージュである『どん底の人々』（一九〇三年）によれば、観光会社のトマス・クック社が、コスプレをして観光する客のための出張所まで置いていた（この本のタイトル自体が、一九〇一年に出たウェルズの『予想集』からの借用とされる）。まさに未開人や野蛮人を「観光」するように、下層の人々を観察して楽しむツアーがあったのだ。そして大都会ロンドンを間に挟んで、はるか遠い反対側にあるはずのリッチモンドにまで、イーストエンドの労働者街の習俗が入りこんでくるという不安が描かれているのだ。ロンドンの地下にトンネル網が伸びているのがその根拠となっている。

地下のモーロック族は八十万年かけて「退化」したせいで、目蓋がなくなり、眼球がむき出しとなっている。全身が毛で覆われるようになった。そのために地上に出てくるのは、月の出ない闇夜のような限られた時間帯だった。モーロック族は一度獲得した能力を失ったという意味で確かに退化なのだが、地上のイーロイ族も同じである。身長が低くなり、病的な白い肌を持ち、男女の差もなくなりつつあり、文字の読み書きの能力も失われていた。この両方の退化こそが、タイムトラベラーを失望させたのだ。

ただし、タイムトラベラーは、八十万年後の人間たちより優位に立てたのだが、それは持っていった一箱のマッチのおかげだった。人工的な「火」が存在しない未来世界において、マッチの火はイーロイ族たちを魔法のように魅了し、モーロック族からは光を発する忌まわしいものとして嫌悪される。ここには、人類に「火=文明」をもたらしたプロメテウスの神話が参照されている。文明の精華であるはずの巨大なスフィンクスの像やビルディングは廃墟となって、それを作りあげた知識や技術は伝承されないままになっている。

タイムトラベラーがもたらした文明の火が「驚異」にも「脅威」にもなる。恋人のウィーナがモーロック族に略奪された腹いせに、枯れ枝にマッチで火をつけたせいで、森全体に火事が広がった。おそらくウィーナもともに焼いてしまうのだが、モーロック族の食料となるという地下での過酷な運命よりもましではないか、とタイムトラベラーは自己弁護して納得するのだ（ここには、怒りと絶望のあまりに火をつけて農家を燃やしたフランケンシュタインの怪物の叫びが残響している）。しかも未来世界では、タイムトラベラー自身も、イーストエンドの労働者のように、ウィーナや自分を守るために金属のレバーを武器にモーロック族と闘争するまでに「退化」してしまうのだ。

そして、ウィーナが死んだと考えた後で、モーロック族から逃れるために、未来へとタイムトラベラーは向かう。太陽が次第に大きくなり、巨大な蟹の化け物が住む場所となった。さらに地球の自転がゆるやかになると、現在の月のように太陽に半面だけを向ける状態に変化した。もっと先の三〇〇〇万年後になると、人類どころか多くの生命も地上から消えつつある。空や海から生物は消えてしまったが、暗黒の世界の波打ち際で、フットボールほどの大きさの奇妙な生き物を見つけた恐怖から、過去へと戻ってくることを決心したのだ。もしも、タイムトラベラーが、三〇〇〇万年後の世界に降り立ってそのまま帰らずに、そこで一生を終えたのなら、彼は最後の人間となったかもしれない。「人類が滅亡した後の世界に降り立つ人間」という矛盾が成立するのも、時間旅行という発想のおかげだった。

## 最後の人間と終末論

この「最後の人間」というモチーフは、トマス・フッドなど十九世紀初めのロマン派の詩人たちに好まれた主題だった。そして『フランケンシュタイン』を書いたメアリー・シェリーには、もうひとつの長編ＳＦ『最後の人間』（一八二六年）がある。邦訳は『さいごのひとり』となっていた。作者がナポリ近郊のクーマエにある予言者として高名なシビュラのいた洞窟で発見した、未来世界からの手記である。二十一世紀に奇妙な病気によって人類が滅んでいくようすを描いている。

スイスに逃れたりするのだが、次第に減っていく中で、最後の一人となったライオネルという主人公が回想録を書くことになる。小説の終わりが、そのまま人類の最後の記録の終わり、というパターンを採用していた。もちろん手記を残した人物がそのままならば、読者はいないわけだし、その記録自体が読まれずに終わる。だが、たとえ誰も読まなくても、時間を超えて残る形で記録を残しておきたいという欲望がそこにある（人類滅亡後の記憶と記録の問題を扱ったのが、スピルバーグ監督の『A．I．』だった）。

シェリーの『最後の人間』は、ゴシック小説によくある、瓶に封印されて流れてきた手記のヴァリエーションだが、タイムトラベラーは、人類滅亡後の世界を観察してから現代へと帰ってくる。こうした体験を持ち帰ってくるのが、異世界探検物の定番である。これによって未来と現在とがねじれた形でつながった。タイムトラベラーの話を伝える語り手の世界は、人類が確実に滅亡することを知ってしまった。タイムマシンで訪れた八十万年後の人類は、絶頂から衰退期に入っている。だが、「最後の審判」の教義があっても、どうやら人類が滅びた時点でも世界そのものは滅びずに、別の下等な生物が生き延びるだけとなるのだ。このしだいに下等な生物へとなっていく未来像は、進化してきた図式を逆転して退化の図式にしたものだ、と橋本槙矩は指摘する（岩波文庫版『タイム・マシン』訳者あとがき）。これによって、『タイムマシン』という小説が突きつけたのは、神の審判や救済を必要としない歴史観である。

当然ながらこうしたウェルズの「無神論的唯物論」の態度は、G・K・チェスタトンやヒレア・ベロックというカトリック作家を中心に多くの批判を招いた。『世界史概観』における自然選択の進化を批判したベロックは、わざわざ反論を一冊にまとめたほどである。ウェルズの根底には「宇宙的悲観主義《コズミック・ペシミズム》」と呼ばれるニヒリズムがたえず隠れているのだ。心理的なものや魂の領域を排して、思考実験においては物理的（身体的）なものの影響をいちばん重視する。

そして、「生活条件の変化は、必然的に人生を変化させる」とタイムトラベラーは言うが、これはウェルズの考えでもあった。

ウェルズはこの後も、世界の滅亡の考えをパロディとして扱う小説を書いている。たとえば「最後のラッパの物語」（一九一五年）は、最後の審判の時に吹かれるはずのラッパが、天国から落ちて、ある日ロンドンの古道具屋で見つかる。そうとは知らずに、人間の息では音が出なかったので、強力な足踏み送風機を使って鳴らされる。それとともに、世界中に鳴り響くと、正体不明の嵐が起き、一瞬死者が蘇ったりする。最後の審判のようすや神の姿を見たという人々が現れる。いちばんは、牧師のバーチェスターであり、神を見たということを主教に告げに行き、異端視されてそれで終わりだった。

ラッパの音とともに、神の啓示などを多くの人が感じても、すぐに忘れて日常生活に戻ってしまうのだ。ウサギが大砲の爆発を見ても、餌を食べるのをやめないのと同じだという。こうした人間もウサギも反応としては同じだという見方こそ、まさにウェルズの「宇宙的悲観主義」の面目躍如である。そして、どんなに変貌したイーロイ族だろうが、モーロック族だろうが、やはり人間に違いないというタイムトラベラーの認識とも共通している。

# 2　時間の流れに抗う

## タイムトラベル物の隆盛

『タイムマシン』によって広く知られるようになった「時間旅行」は、現在まで多くの人を惹きつけてきた。時間という牢獄の住人である私たちを運命の手から解放する話なので、いつの時代でも人気を得るし、その時々の願望を投影した物語となる。とりわけ映画は視覚的に繰り返しや違いを表現できるので、「時間旅行」テーマと接合しやすいのだ。同じ一日を繰り返していることで、自己中心的な男がしだいに反省をして恋人と結ばれるという『恋はデ・ジャブ』（一九九三年）だとか、未来から過去へとやってくるタイムトラベラーを殺害する仕事の男の目の前に、未来からやってきた自分が出てくるという『LOOPER／ルーパー』（二〇一三年）など、さまざまなパターンが作られ続けている。

そうした時間旅行の可能性を説明するために、物理学的な仮説もたくさん出されてきた。「超光速粒子」のタキオンによって時間を超えられるとか、空間に空いた「ワームホール」を使って未来世界へ行くことができるだとか、光速に近い宇宙船に乗って旅をして地球に帰れば、船内では相対的に時間の経過がゆっくりとなり、「ウラシマ効果」で未来の人々に会えるという話もある。相対性理論以降の宇宙論に関するさまざまな仮説が、作品を生み出すアイデアの源となり、いくつもの方向へと発展してきた。

小説においても、タイムトラベル物が「語りの実験室」となっていると哲学者のデイヴィッド・ウィッテンバーグは指摘している（『タイムトラベル』）。ウェルズの『タイムマシン』でも、語り手の「私」が属している時間と、タイムトラベラーが属している時間がはたして同じなのかという因果律がきちんとは説明できない。そのギャップをうまく利用すると、二十世紀のモダニズム小説以来の「時間」へのこだわりへとつながっていく。

オードリー・ニッフェンガーの小説『タイムトラベラーの妻』（二〇〇三年）では、一人称で語るタイムトラベラーと恋人が属する時間が異なるので、どちらが未来でどちらが過去なのかがわからない場合があるので、英語では現在形を使って書かれている。ただし、映画化された『きみがぼくを見つけた日』（二〇〇九年）では、フィルムの映像そのものに過去形や未来形はないので、時間の関係を説明するのに手順が必要となる。このように時間旅行のテーマは、そのまま人間の記憶や語りといった重要な行為と関連していると認知されることになる。

ジェフとアンのヴァンダーミア夫妻による『時間旅行者の暦』（二〇一三年）は、時間旅行物の作品のアンソロジーだが、彼らは四つの分類枠を提案している。「実験をおこなうもの」、「過去を守ろうとしたり、正確な記録を残そうというもの」、「時間のパラドックスに右往左往するもの」、「過去や未来の人間にメッセージを伝えようとするもの」と分けている。ウェルズの『タイムマシン』は、第一の「実験」の枠に含まれているが、タイムトラベラーによる実験的な内容の箇所が抜粋されているにすぎない。確かにタイムマシンの使われ方として、晩餐会の後のくつろいだ議論の場で、アイデアがいくつも語られる。もしも実験という趣旨ならば、こちらの方が興味深いのだ。

ウェルズの小説においても、過去へと行く利点がすでに語られている。「ヘイスティングスの戦いへ行って立ちあう」という考えは、十一世紀に入ってきたノルマン人が征服したことで、新しいイギリスが成立した歴史の転換点に立ちあうという考えである。歴史学の記載を検証するわけだ。そして、「ホメロスやプラトンから本物のギリシャ語を聞く」というのは、歴史上の人物と出会うというもので、これも過去の有名人とすれ違うとか協力するというタイプの話として後継作がたくさん書かれた。ウェルズ本人がもはやそうした有名人の一人になったので、彼が活躍して冒険するスティーヴン・バクスターの『タイム・シップ』（一九九五年）とか、フェリクス・J・パルマの『時の地図』（二〇〇八年）といった意欲作もある。

それに対して未来に行く場合には、「投資をしておいて、未来へ行って利益を得る」という意見が出される。けれども「未来は完全な共産主義になっているかも」と財産が無意味になっている世界の可能性もしめされる。むしろ未来のことを知って、現在に帰ってきて、確実な株に投資したり、未来を予言することで利益を得たほうがよいので、そういう話もよく書かれた。興味深いことに、タイムトラベラーが最初に八十万年後のイーロイ族を見たときに、一緒に集団になって食事をしたり眠っているので、「共産主義社会」の実現かと錯覚するところがある。「原始共産制」かもしれないが、実際にはそうした生活の裏にはおぞましい事情があった。高層ビルやさまざまな都市を描く未来記についてもタイムトラベラーは言及する。たくさん書かれた未来予測を頭に詰め込んだ彼が到着したのは、すべてが使われなくなり廃墟となった世界だった。イーロイ族は建物の意味や意義もわからずに、古代ローマの遺跡を棲み家にしているようなものだ。いずれにせよ、それぞれの時代探訪というアイデアを実現しているだけの話だったならば、『タイムマシン』はこれほど人気にならなかったはずである。それには三つの特徴があったと考えられる。

## 刹那と永遠の出会い

タイムマシンの実験の顛末を述べて、未来世界を語る話と要約したのでは、ウェルズの『タイムマシン』の魅力は説明できない。タイムトラベラーと小柄な未来人のウィーナとの愛を含んでいた。そのおかげで、この作品が時間旅行にロマンスが絡むパターンの原型となった。それにより「刹那」と「永遠」との関係を扱うことができるのだ。これが他の作品と異なる第一の特徴だろう。

タイムトラベラーとウィーナは、彼女がポケットに入れてくれた白い花を媒介にしてつながっている。タイムトラベラーがもう一度出発したきっかけは、自分が見たのが夢ではなかったのだ、とその花によって確信したせいだった。語り手が最後に見たときには、撮影用のカメラと何か袋を持っていて、どの時点へと旅立ったのかは不明だが、ウィーナが亡くなる前の時間へと向かった、とみなすのが妥当に思える。ウィーナとの体験は未来世界の出来事だが、タイムトラベラーの主観では、「過去」の出来事だからだ。ノスタルジーの気持ちにかられて、恋を成就するために戻ったとしても不思議ではない。

こうしたロマンティックな枠組みと時間旅行が合体したときに、人々に強く訴える作品が誕生する。たとえば、ロバート・A・ハインラインの『夏への扉』(一九五六年)や筒井康隆の『時をかける少女』(一九六七年)といった時間SFの古典を考えてもわかる。

『夏への扉』は、発明家の主人公のダンが、親友に特許と恋人を取り上げられて失望のあまりに、冷凍睡眠に猫のピートといっしょに三十年の眠りにつく。その世界で、自分の頭のなかで考えていた製品が自分名義で特許をとっていることに気づき、タイムマシンによって過去に戻り、ライバル会社を設立する。そして、新しく知り合った友人に会社の経営を任せて、自分は冷凍睡眠にもどる。そのときに、年齢が下の親戚の娘と結婚の約束をし、大人になってから冷凍睡眠をして目を覚ます時間をいっしょにしようと約束する。ここにはさまざまな矛盾があるのだが、ロマンスの成就のために必要な措置と考えられるのだ。

また、『時をかける少女』は、未来人のケン・ソゴルが「深町」として、女子高生の芳山和子に出会う。ソゴルは未来に戻るための薬品を製造する必要があるので、滞在して理科の準備室で実験をしていた。和子はそこでラベンダーの香りのする薬品を吸って、時間を飛ぶ能力を身につけてしまう。最後に大きな時間の輪が閉じて和子は出発点に戻され、彼との経験の記憶が無くなることで、彼女は「ソゴル＝深町」と別れる。和子の記憶から初恋の思い出は消されてしまうが、ラベンダーの香りだけが、何か大事なことを忘れていることを思い出させてくれるのだ。

かけ離れた時間とロマンスとを結びつけるのは、ハインラインの場合はピートという猫であり、筒井の場合はラベンダーの香りだった。その原型となったのが、『タイムマシン』でタイムトラベラーが八十万年後から持ち帰った白い花なのだ。それが、「刹那」のなかに「永遠」を見るというロマン派ゆずりのヴィジョンにふさわしい設定だった。

タイムトラベラーが時間を超えて行き来することで、未来の出来事が本人にとっての過去の記憶というノスタルジーの対象となる。この仕掛けによって、『タイムマシン』は新しい時間の感覚を切り開いた。しかも、ノスタルジーの対象には永遠に手が届かないのに対して、タイムマシンを使えば、喪失の直前へも赴くことができるはずだ。今でも『恋はデ・ジャブ』や『タイムトラベラーの妻』のようにロマンスの表現のために時間旅行を利用する物語が作られる理由でもある。

## 博物館の時間

『タイムマシン』が凡百の作品と異なる第二の特徴は、自然史と人類史を連続的にとらえる視点を提供したことにある。執筆時にはニュートン流の絶対的な時間や空間の発想に縛られていたウェルズは、時間は直線的に流れているという考えの外には出ていない。だから、四次元の時間内を移動できる証拠として、天気の変化をしめす気圧計の数値が上下した結果をグラフ化したものをあげる。連続しているひとつの線であり、時間軸に沿って過去へも未来へも移動できるように見える。

こうした因果律を展示しているのが博物館に他ならない。タイムトラベラーは八十万年後に博物館のなかを探索する。なぜなら、持っていったマッチを使いすぎて、モーロック族と対決するには文明の武器が不足してきたせいだ。文明の貯蔵庫としての博物館のなかに探し求めるのだ。遠くに見える青磁色の建物を目印に向かうと、そこはサウスケンジントン博物館だった。過去の品物が展示されているのだが、訪れる者もなく、そうした過去の文化を継承する者が誰もいなくなっていた。そもそも展示品についた文字を読める者がいなくなってしまったのだ。

サウスケンジントン博物館は、一八五一年の第一回ロンドン万博と深い関係を持っていた。ロンドン万博はさまざまな産業の成果を誇示し、大英帝国の繁栄ぶりをアピールしようとした一大イベントだった。とりわけ「水晶宮」と呼ばれる鉄とガラスでできたパビリオンは、十九世紀の工業化のシンボルでもあった。翌年にはインダストリアルデザインを発展させるために、博物館建設の計画が立てられる。博覧会の収益や展示品に基づく現代的な産業博物館だった。五七年にはサウスケンジントンに移転し、九九年にはヴィクトリア＆アルバート博物館と改名したので、『タイムマシン』の頃はサウスケンジントン博物館として知られていた。

博物館は過去の遺物を守るだけでなく、陳列によって世界の成り立ちや進化の過程がわかる施設でもある。いきなりタイムトラベラーは巨大な動物の骨や恐竜ブロントサウルスの骨格と遭遇する。ウィーナがウニで遊ぶ場面も出てくる。さまざまな動植物の標本、そして形がくずれた書籍の群れがある。応用化学の部屋で、完全に乾燥して使用可能なマッチを発見する。密封されていたので空気に触れなかったのが幸いだったという。ただし、マッチを箱でこする安全タイプだったので、タイムマシンを取り戻すためにスフィンクスの内部に入って、モーロック族が実際に襲ってきたときには発火剤が湿っていて役に立たなかった。さらに樟脳を見つけて、爆発剤として利用しようと考える。硫黄を見つけると銃火薬を作ろうとするし、武器の陳列所でダイナマイトを見つけたが、これは標本であって火薬は入っていなかった。タイムトラベラーはしだいに未来世界で戦闘的になっていくのだ。

しかもタイムトラベラーが入っていったサウスケンジントン博物館の奥に、モーロック族の世界が待っていた。建物の奥に井戸の底で聞いた機械の音がして、博物館には地下世界へとつながる通路があった。博物館が展示する過去の歴史と、モーロック族とが結びついている。彼らは機械で相変わらずイーロイ族のために衣服や靴などを生産していて、同時にイーロイ族を食べているのだ。世界中の神像が陳列されていて、異教徒の雰囲気を醸し出しているのも暗示的である。タイムトラベラーはその一つに自分の名前を書きこんだりしている。こうしたサウスケンジントン博物館自体が「高級芸術」（ナショナル・ギャラリー）や「学識」（大英博物館）とは異なる目的を持ち、労働者階級に応用科学やインダストリアルデザインを教えるための施設として考えられていた。最初からこの場所は、モーロック族にふさわしいものだったのである。

サウスケンジントン博物館（ヴィクトリア＆アルバート博物館）

こうした自然史と人類史を統一的に捉える見方は、進化を人為的に行うことにもつながっていく。しかも、人類史が自然史の一部となるのではなくて、自然史が人類史の一部となるのが、自然改良の目的だった。だから、人間にとって不都合に思えるバクテリアや雑草を駆除した「安心安全」な未来世界で、ゆっくりと人間は退化していくことになるのだ。それは多様性を失くしていくことになってしまう。じつは「ユニークさの再発見」（一八九一年）というのが、ウェルズのデビュー評論だが、すべての物事が普通名詞へと還元されてしまう状況を嘆き、原子の一つ一つもユニークなのだと訴えていた。

## 機械化との戦い

第三の特徴は、タイムトラベルといっても、幽体離脱や気づいたら移動していたというご都合主義的なものではなくて、タイムマシンという客観的な乗り物を持ちだし、テクノロジー的に解決する見通しを与えた点である。もしもタイムトラベラーが生まれつき持つ体質のせいで時間を移動できるのならば、魔術のようなもので、さほど新味はない。しかも、タイムトラベラー自身が、時間旅行の原理を考える科学者ばかりか、それを実現しタイムマシンを作り出せる技術者でもあった。

最初の晩餐会の翌日には時間旅行に出かける予定だったのだが、不備な部品を作り直させたので、一週間延びてしまった。そこで、未来から帰ってきた日の朝の十時に出発した、と強調されるが、未来に長時間滞在しても、どの時点に戻るかが重要となる。「一日計、千日計、百万日計、十億日計」とダイヤルをあわせて、好きな時間へと移動できるので、未来にどれだけいたかは関係ない。しかも、タイムマシンの時間測定の計器が一日を単位に設定されていて、映画などで見慣れた西暦や年月日を合わせるタイプではなくて十進法で進むので、一般人は頭のなかで換算しないと把握できないのも、タイムトラベラーの科学技術的な発想に基づくのだ。

だからタイムトラベラーは、サウスケンジントン博物館で、未来の機械類が並んでいる一角を目にしたときに、用途もわからないが興奮してしまう。ウェルズのタイムマシンは、サドルがあって自転車を思わせるので、操作方法さえ覚えれば誰にでも移動が可能となる。タイムトラベラーはここでは固有名詞だが、大量生産ができるようになれば、それを乗りこなすタイムトラベラーがたくさん出現する。鉄道や自動車や自転車のように、タイムマシンという機械が人間や社会のあり方を変えるのだ。

タイムトラベラーが持っている中産階級の身分や生活、テクノロジーが好きでそれを操作するという特徴が、イーロイ族とモーロック族へと分化して投影されている。ウェルズに機械に対する嫌悪はないが、機械化に対する嫌悪は存在する。この点が、モーロック族と、彼らを支配しているようでそれに依存しているイーロイ族双方への反感や嫌悪の正体なのである。

この場合の機械化とは、メカニズムの原理はわからなくても、機能を修復してひたすら操作して奴隷のように働いているモーロック族そのものとつながっている。生産のための機械を担当し、機械的な労働をする役割が固定化したことによって、モーロック族が誕生したとする。彼らは博物館の中を歩き回っても、そこにある知を本で読んで理解して、別のアイデアを生み出すことはできない。

そしてイーロイ族もまた機械化している。産児制限や少子化政策の結果少数となり、戦いがなくなったせいで、男女が似かよってきた。安逸が生み出したのはまずは「エロスと芸術」の方向だったが、それすらも忘れて、歌や踊りを機械的に反復するだけの生活になっている。タイムトラベラーは、自分が貢献している科学技術が結果として生み出す世界に戦慄を覚えているのだ。機械と機械化とを分けて考えるところに、『タイムマシン』の一つの特徴がある。

こうした「ロマンスとタイムトラベル」、「人類史と自然史の統一」、「機械化に対する考え」という要素を含んでいるので、『タイムマシン』は今も古典の地位を保っている。そこからアイデアをもらい派生した作品群がジャンルやサブジャンルを作り、触発されて新しい作品が生まれてくるのだ。

## 3　歴史は改変できるのか

### タイムパラドックスと歴史改変

時間旅行が可能かをめぐって、物理学という学問領域や、小説などのフィクションにおいて、さまざまな仮説や説明が出されてきた。ブラックホールやワームホールといった空間の性質を使って時間の移動がありえるのではないか、という議論や仮説は何度も湧いてくる。だが論理的にであっても、あるいはあざとい物語の展開によってでも、実現不可能に思えるひとつの根拠は、「タイムパラドックス」を克服できそうにないからだ。タイムトラベル物の小説や映画のだいご味のひとつは、過去や未来の自分と会ってしまったらどうなるのか、とか、自分の親や先祖を殺したらどうなるのか、といったパラドックスを回避できるかどうかにある。

有名な「先祖殺しのパラドックス」は、誰かがタイムマシンを発明してそれに乗って過去にさかのぼって自分の親や先祖を殺したらどうなるのか、という思考実験からすぐに出てくる。自分の起源を抹消してしまえば、自分が生まれてくるはずもないので、タイムマシンを発明したり、タイムマシンに乗って移動できるわけがない、という矛盾に陥る。これは歴史の改変をめぐる過去は変更できないというパラドックスである。

有名なパスカルの「クレオパトラの鼻、それがもっと短ければ、世界の相貌は変わっていただろう」という格言は、女王クレオパトラの顔のバランスが崩れたなら、その後の歴史に影響を与えたかもしれないという考えである。しかも誰かが時間旅行をして、クレオパトラの顔を変形したならば、シーザーに気にいられることも、アントニーに会うこともない。エジプト王国の運命ひいてはローマ帝国の運命も変わっていたはずだというわけだ。

『タイムマシン』のなかで、モーロック族と争ったときに、タイムトラベラーは一瞬殺すのをためらう。たとえ食人種であっても「自分の子孫を殺せるのか」というのが理由だった。その後、モーロック族を何人も倒すし、火事を起こしたときにはウィーナという子孫を焼き殺した可能性を考えたが、ウェルズは倫理的なレヴェルは考慮しても、そこで「タイムパラドックス」が生じるとは考えていない。

後年の作家たちはタイムパラドックスに注目し、新しい作品を生み出してきた。その原型がタイムトラベラーの一瞬の「子殺しの忌避」だった。本来その時間に所属するわけではない人間が介入したせいで、生死の因果律に支障をきたすことになる。それが後世に大きな影響を及ぼすというわけだ。

ひょっとすると、タイムトラベラーが持ちこんだマッチとその火による森の火事が、八十万年後の未来世界の因果律を改変してしまい、最終的に人類の滅亡へとつながったのかもしれない。モーロック族が火を習得したら、あるいはイーロイ族が火の使用を習得したらどうなるのか。ウェルズは人類が滅びたところを描いていないが、その空白部分にタイムトラベラー自身が関与した可能性さえあるのだ。もしくは、バクテリアや細菌のいない「無菌状態」の未来世界にタイムトラベラーが持ちこんだ体内細菌が繁殖したとすればどうだろう。外から持ちこまれたコレラやペストや天然痘やインフルエンザといった流行病が、世界中で多くの人を死に追いやった。そのことはウェルズも認識していた。

こうした偶然ともいえる小さな細部の出来事によって、その後の歴史や世界が大きく変わってくるのを「バタフライ効果」と呼ぶ。クレオパトラほどの大物の運命の変化でなくても、小さな部分の変化も大きな影響を与える、というもっと生態学的で民主主義的な発想である。その原型ともいえるのが、レイ・ブラッドベリが書いた「いかずちの音」（一九五二年）である。タイム・

サファリ社が提供する、ティラノサウルス狩り旅行に出かけた客の一人が、規律違反をおかして泥を踏みつけてしまう。そのなかに蝶がいたことに気づかず、その死によって時間の因果律が変わってしまう。これがカオス理論で知られる「バタフライ効果」の語源のひとつとされる。タイムマシンで出発点へと帰還すると、看板の英語の綴りから、人々のようすや、選ばれた大統領まで変わっているのだ。一定のバランスがとれているなかに、他の要素が入ると歴史が改変されてしまうことになる、というのをブラッドベリは一羽の蝶の死で示した。タイトルの「いかずちの音」が、ティラノザウルスの暴れる音だけでなく、元の世界に帰ることができない絶望のあまりに、自殺をするときのライフルの音を表現している点に皮肉が込められている。もちろんその死が次の因果となっていくのだ。

ウェルズ本人は、タイムトラベラーが未来世界のようすを語ることで読者が知識を得て、現在が変更されるのを肯定している。その意味では、未来予測によって、現在を修正する立場をとっているのだ。将来イーロイ族やモーロック族を作り出さないためにどうすればよいのか、という改良主義的な態度は、歴史を変えることによってユートピアを招く思想と結びつく。けれども、バクテリアも雑草もない理想的なはずの未来世界が、同時に二極化して退化した世界となる方向に向かうのなら、それをどうやって止めるのかに関しては、現状認識と反省が必要となる。

創造性もなくなった安逸な生活を送るイーロイ族と、生産の機械的な反復を繰り返すだけのモーロック族との格差が生じた始まりは、「高等教育期間の延長と学費の高騰による」とタイムトラベラーは指摘していた。まるで現代の日本の話のようだ。教師への奨励金や学生への奨学金によって、服地屋の見習いから脱出できたウェルズにとっては切実なものだった。博物館などに英知の結晶が残っていても、文字を読む力を失い、知的好奇心も失って、イーロイ族もモーロック族も機械的な反復の生活を送るだけになってしまう。それでは、タイムトラベラーが持ちこんだマッチの火や病気へ対抗する手段を自分たちでは作り出せないのだ。

## 平行する宇宙

この小説の結末は、語り手の前から消えたタイムトラベラーが行った先が、別の時系列世界なので、三年経っても語り手の世界へと帰ってくることができない、と考えた方がいいのかもしれない。そうした複数の世界から選択するという考えはウェルズの作品にもある。

選択肢がもたらす悲劇を、後に「塀についたドア」（一九〇六年）という短編で扱っていた。語り手が、友人である政治家ライオネル・ウォーリスから死ぬ前に聞いた話として伝える。ウォーリスは小さいころから白い塀にある緑のドアに「輝かしい別世界」を見つけてきた。五歳の時に、そのなかで、金髪の少女や二頭の豹や本を読む老人と出会う体験をして、魔法の園のように思えた。その後、学校に行く途中などで、三度も見かけるのだが、ドアに入っていく勇気は持たない。そして今度は自分からドアを探しても見つからない。閣僚となる寸前にまで地位を登りつめたウォーリスが、駅近くの竪穴に落下した死体として発見される。ドアを開ける選択肢を選んだら待っていたのが死だったわけだが、主観的には魔法の園へと出かけたことになるのだ。

この場合には違った人生というよりも、日常生活の重圧から逃げ出したいという願望の表れと解釈できる。ドアの向こうに違った世界があるという選択肢の考えは、ハインラインの『夏への扉』で、猫のピートが、たくさんあるドアの内どれか一つは夏へとつながっているはずだと考えて、たえずドアを開けることを主人公に懇願するのにも似ている。そして、複数のドアを想定し、その向こうに複数の時系列の存在するのを肯定する「平行宇宙（パラレルワールド）」は、もはや珍しい概念ではなくなっている。

シリーズ化された物語の多くで、エピソードの進展で生じた矛盾を整理するために、この設定が利用される。『スター・ウォーズ』はエピソードのⅥまでを「レジェンド」とみなし、Ⅶからは別の系列の話とした。すでに派生的な作品群がたくさん作られていたが、それは別宇宙の物語ということになった。また『ゴジラ』も平成、ミレニアムといったシリーズの仕切り直しのたびに、別の世界の系列の話として、一九五四年の最初の作品から派生した平行宇宙という説明がなされた。これなら前の作品との整合性を考えずに済む。平行宇宙は、タイムトラベルから派生した概念であるが、それだけ広く浸透したのである。

しかもタイムトラベラーが単一の時系列を旅行するのとは異なり、そこでは複数の歴史が衝

映画“*The Time Machine*”（邦題『タイム・マシン 80万年後の世界へ』／1960／MGM／アメリカ／103分）のポスター

突し侵入することも可能となる。平行宇宙ものの始祖ともされるマレイ・ラインスターの「時の脇道」（一九三四年）では、時空が振動するたびに、配置がずれることで、平行宇宙どうしが思わぬところで直結してしまう。それはサウスケンジントン博物館に陳列されていた別の時系列の文物が一斉に登場するようなものだ。コロンブスが到着しなかったアメリカとか、ヴァイキングが支配するアメリカ、中国人が支配するアメリカ、南部連合が勝利したアメリカなど、歴史上可能だったかもしれない世界や時代が混然一体となってしまう。それはアメリカという歴史がいろいろな選択肢を選び取ってきた一つの結果にすぎない、という認識を与えて現在知られている歴史を相対化するのだ。

タイムパラドックスを回避するには、選択のたびに別の時間線が伸びて分岐していくと考えるのがいちばんである。タイムトラベラーが行った先が別の平行宇宙、それはウィーナとの恋がうまくいく世界であっても不思議ではない。問題は現実に可能かではなくて平行宇宙という形で願望が表現されることである。運命ではなくて、それは自己選択の結果だったのだという考えである。じつはゲームの選択肢や買い物の選択の時の感覚としてすでに日常的に浸透している。

『タイムマシン』の語り手は「未来は空白だ」とみなす。多数の可能性があって、まだ確定していない領域ということだ。人類に絶頂があり衰退するとしても、それは八十万年より先のことであって、まだ間に合うのではないかというのが趣旨だろう。この小説は一二〇年以上前のウェルズが、私たちの社会に突きつけた挑戦状でもある。こうした未来図を知った上で、私たちは未来を改変できるのか、という問いかけだろう。時間を超えて私たちの手元にタイムトラベルしているのは、他ならない『タイムマシン』という小説そのものなのだ。

（1）どうして光学の研究が時間旅行とつながるのかはわかりにくいが、物理学者でSF作家でもあるスティーヴン・バクスターが、『タイム・シップ』（一九九五年）で解き明かした。この一〇〇年後に出版された小説は、ウェルズの遺族も認めた正式の続編である。そのなかで、当時は空間を満たして光が波のように伝播するのを助けるとされたエーテルの実在が否定される時代だと説明された。タイムトラベラーの論文は、一八八七年の「マイケルソン・モーリーの実験」とつながる。光学の分野において、ローレンツやフィッツジェラルドといった当時の物理学者が、新しい物理学の基礎となる研究していたのだ。どうやら、タイムトラベラーは相対性理論につながる現代物理学に足を踏み入れていたので、時間についても、従来の絶対的な時間の考えから脱却していたというわけだ。

〈扱った主な作品〉

引用翻訳は、橋本槇矩訳（岩波文庫、一九九一年）、宇野利泰訳（ハヤカワ文庫、一九七八年）、阿部知二訳（創元SF文庫、一九九六年）、池央耿訳（光文社古典新訳文庫、二〇一三年）を、原文は、Patrick Parrinder（ed）*The Time Machine*（Penguin Books,2005）を参照した。

「逆行する時計」や「いかずちの音」は、Ann & Jeff Vandermeer（eds）*The Time Traveler's Almanac*（Tor Books, 2014）から採った。ウェルズの短編はJohn R. Hammond（ed）, *The Complete Short Stories*（Weidenfeld & Nicolson, 1998）を参照した。第2章以下の短編もすべてこれを参照している。

ジャック・ロンドン『どん底の人々』行方昭夫訳（岩波文庫、一九九五年）

メアリー・シェリー『最後のひとり』森道子・島津展子・新野緑訳（英宝社、二〇〇七年）

スティーヴン・バクスター『タイム・シップ』中原尚哉訳（ハヤカワ文庫、新版、二〇一五年）

筒井康隆『時をかける少女』（角川文庫、新装版、二〇〇五年）

ロバート・A・ハインライン『夏への扉』福島正実訳（ハヤカワ文庫、二〇一〇年）

マレイ・ラインスター「時の脇道」は山本弘編『火星ノンストップ』（早川書房、二〇〇五年）所収。

## 第2章

# 生命改造と『モロー博士の島』

**【『モロー博士の島』あらすじ】**

プレンディックが南太平洋の島で体験した奇妙な出来事の手記である。難破したところを救出され、最終的にたどり着いたのが、モロー博士が支配する奇妙な島だった。博士はスキャンダラスな手術のせいで、ロンドンを追われ、この島で助手のモンゴメリーと密かな実験を続けていた。プレンディックは人間を動物に改造する実験と勘違いをして怯えるが、実際は動物から人間を作り出していたのだ。改造人間たちは言葉を覚え、島のなかで暮らしている。モローを主と考え「掟」を守る一種の宗教によって秩序を保っていた。だが、肉食獣を改造した獣人たちのなかに、血を求める衝動もあり、ピューマ人間の反逆が起きる。その鎮圧をするなかで、モロー博士が死ぬとともに、島の秩序は解体していく。そして、獣人たちは退化をして、もとの動物へと戻って、言葉も忘れていくのだ。プレンディックは、ようやくひとり島を脱出して、おぞましい体験の記録を残すのだ。

# 1　生命を改造する島

## モロー博士との出会い

ウェルズが、一八九六年に発表した『モロー博士の島』は、生命を改造する科学者の姿を描いている。これは自分自身ではなくて、あくまでも他人を改造する話であり、そのために今読んでも不気味な印象を与える。現在までに三度映画化されており、それぞれ『獣人島』（一九三三年）、『ドクター・モローの島』（一九七七年）、『D．N．A．』（一九九六年）という邦題がつけられた。タイトルを眺めただけでもわかるように、「獣人」から「遺伝子」まで、このSFホラー小説は幅広い関心を集めてきた。生命改造は、一〇〇年前にはあくまでも絵空事だったが、「万能細胞」や「美容整形手術」が、日常会話やニュースに出てくる現代では、実現の信憑性が増してきて身近な話題となっている。

ウェルズの『モロー博士の島』は、エドワード・プレンディックを語り手として話が進んでいく。ペルーの首都リマに隣接する港町カヤオで彼が乗った船が、海上で難破してしまう。その後島で出会ったモロー博士の印象が強いので、冒頭にある出来事は無視されがちだが、この箇所からウェルズの考える「人間性」がうかがえる。海へと飛び込んだ乗組員は二手に分かれた。プレンディックは、小舟へと乗りこんだ四人に入っていたが、乗る前にその内の一人は海に落ちてしまった。三人は漂流する中でしだいに水も食料も底をつき、生き残るための犠牲者をくじ引きで決めることになった。くじをめぐって他の二人が争い海に落ちたおかげで、結果として自分一人だけが助かったときに、プレンディックは思わず笑ってしまう。ここにウェルズが考える「喜劇性」とリアリズムがある。一人生き残った事態を客観視したときに、その滑稽さを自分で笑ってしまうのだ。しかも、個人の意志ではなくて、偶然が大きな役割を果たすことに気づかされる。その意味でウェルズは環境に支配される生物として人間を捉えている。

小舟で漂流していたところを、チリのアリカからハワイへと向かう帆船（スクーナー）に拾われる。その船上で知り合ったモンゴメリーという男は、モロー博士の助手で、動物を輸送する途中だった。モロー博士の島に到着すると、無一文のプレンディックは、帆船の酔っ払いの船長から追い出されてしまう。結局プレンディックはその島に滞在することになるのだ。この小説は太平洋上の火山島での異常な体験をつづった異世界訪問記なのである。スウィフトの『ガリヴァー旅行記』の小人国をはじめとする島々が太平洋に想定されていたのと同じく、十九世紀末になっても未知の場所が存在すると漠然と考えられた。実際ウェルズはスウィフトの小説をモデルにしたと後で述べて、つながりを認めていた（バチェラー『H・G・ウェルズ』）。

白髪で人嫌いのモロー博士は、プレンディックを寄せつけない雰囲気を漂わせていた。とりわけモローという名前がその印象を拡大する。画家のギュスターブ・モローや女優のジャン

映画“*The Island of Dr. Moreau*”（邦題『ドクター・モローの島』／1977／American International Pictures／アメリカ／99分）

ヌ・モローでわかるようにフランス系なので、イギリス社会から離れた博士の姿を際立たせるのに都合が良い（助手のモンゴメリーもフランス系の名である）。ところが、プレンディックが「ロイヤル・カレッジ・オブ・サイエンスで、生物学者のトマス・ハックスリーのもとで学んだ」と経歴を伝えると、モロー博士たちの扱いが変わる。プレンディックを自分たちの同類とみなしたのだ。

　プレンディックが通った学校を文字通り訳すと「王立科学大学」となるが、これはウェルズの出身校でもあり、自分がよく知っている背景を使ったものだ。『透明人間』のなかでも、グリフィンをロンドン大学のユニバーシティ・カレッジ出身にしていたのと同じ趣向である。その意味でプレンディックとウェルズとは重なる部分を持っている。そして、プレンディック（とウェルズ）の先生であったT・H・ハックスリーは、ダーウィンの進化論を社会に広げる役目をはたした。プレンディックは進化論を学校の授業で教わった世代なのである。

　モロー博士も助手のモンゴメリーも生物学者なので、プレンディックが自分たちと共通した見方を持つと想定していた。モロー博士はこの島を「生物学の実験所」なのだと説明する。ノーブル島という名の火山島が舞台という設定だが、その後、マイケル・クライトンが小説の

『ジュラシック・パーク』（一九九〇年）で、島全体を古生物を復活させる実験場にしたのにもつながる。その舞台となったイスラ・ヌブラル島も、中米コスタリカの太平洋上にある火山島という設定だった。太平洋に浮かぶ火山島に、生物学的な常識を揺さぶる場を与えるのは、ダーウィンが『ビーグル号航海記』で訪問した南米エクアドルのガラパゴス諸島が有名である。棲息するウミイグアナやゾウガメのような奇妙な生物を記録し、『種の起源』での進化論のヒントをもらった。『モロー博士の島』には、『ガリヴァー旅行記』の伝統を受け継いだ、イギリスから見て地球の裏側には想像もつかないおぞましい怪物が住んでいるという幻想と、進化によって奇怪な生物が生み出されるというダーウィン以来の発想とが結びついているのだ。

異常な体験を報告するわけだから、観察して推理した内容をまとめる語り手として、科学の訓練を受けたプレンディックがふさわしい。事実プレンディックは「生体解剖くらい平気だ」とうそぶく新しい倫理観を持ち、外科手術を忌避してはいない。科学的な関心をしめして、しだいにモロー博士の行動への理解を深めていく。傷の手当てをするような医学の心得はないが、生物に対する一般的な知識は持ち合わせているのが利点だった。

ウェルズにとっては理系的な目による客観的な記述が必要だった。ウェルズの小説が論文や評論みたいだとみなされる一端がここにある。ガリヴァーが船医だったように、そしてウェルズと同じように理系的な背景を持つ作家コナン・ドイルが、天才探偵のホームズの事件簿の語り手としてワトソンという医者を選んだように、科学のトレーニングを受けたプレンディックは、どのような事態が起きても観察し続けることができたのだ。ドイルのチャレンジャー教授を主人公にしたＳＦ『失われた世界』（一九一二年）では、新聞記者のマローンが語り手となるが、それもワトソン博士と同じく客観的な語り手としての資質を見込んだ起用だった。しかも、ウェルズによる物語のほうは、モロー博士の行動の観察日記だけでなく、その死後に島から脱出するまでの自身の姿も記録している。プレンディックに求められているのは、起こった事実を時系列で伝える役割なのだ。

## モローの恐怖

さっそく観察眼を働かせたプレンディックは、帆船でモンゴメリーと出会ったときに、彼が連れていた黒い顔をした従者に注目する。その男はことごとく「不自然」で「醜い」人物だった。「ム・リン」という名前を持ち、体つきもバランスを欠き、目が薄緑色に光るので、プレンディックには自分と同じ人間とはとうてい思えなかった。モンゴメリーはサンフランシスコで雇った男だとごまかす。イギリスから見て地球の裏側にあたる太平洋岸では、人種や民族が混交していると想像されていて、そうした言い訳も漠然と通ってしまう。チリのアリカを「スペイン系の混血児が住む場所」とプレンディックが呼んでいたように、人種や民族の混交が正体の知れない人間を生み出すと信じられていた。さらに、モロー博士の島で荷揚げをする男たちは、馬のような姿をしていて、とうてい人間にすら見えなかったのだ。

助手であるモンゴメリーの仕事は、モロー博士が購入したウサギやピューマといった動物を島へと運ぶことだった。ウサギは食料として繁殖させるためにすぐに島内に放されたが、ピューマは檻に入れられたまま置かれていた。その鳴き声のせいで、プレンディックは動物が「苦痛」を感じていると考える。動物の虐待が行われているのではないかと疑問にとらわれるのだ。そしてようやくプレンディックはモローの名前を思い出す。ロンドンでのスキャンダラスな事件に関連した記憶だった。

十年前のモロー博士はイギリスで「輸血」や「腫瘍」の専門家として知られていた。今ではありふれた「輸血」だが、しだいに知られる医療技術になっていた。『モロー博士の島』の翌年に発表された血液をめぐる小説であるブラム・ストーカーの『吸血鬼ドラキュラ』で、ドラキュラに血を吸われた被害者を救済する手段として使われた。かつて十七世紀には輸血は死を招くので禁止されたが、十九世紀になって、人間を助けるための輸血が関心事となった。輸血の実践では、道具の滅菌措置がなされずに患者に死を招いたり、輸血の際に空気に触れて血液が凝固することを防ぐのも難題だった。それに、血液どうしを混ぜると凝固するのだが、その組み合わせやメカニズムが解明されていなかった。近代的な輸血が始まるのは、一九〇〇年にウィーンのラントシュタイナーがＡＢＯ式血液型を発見した後のことである（スター『血液の物語』）。どうやらモロー博士はこうした輸血の試行錯誤時代のパイオニアでもあった。

また、「腫瘍」を取り除く外科手術は、機能を回復するだけでなく、美容整形的な意味合い

"*The Island of Dr. Moreau*"
（London, Heinemann, Stone & Kimball, 1896）
初版書影

もっていた。そして、切除だけでなく、移植手術もおこなわれた。それがモロー博士の実験に表れている。ハイエナと豚といった異種どうしの合成も行われていた。ウェルズは一八九二年に生物学の教科書を出版している。四つの種に習熟するために、ウサギ、カエル、ツノザメ、ナメクジウオが選ばれて、解剖することが求められている。解剖に必要な個体の入手から殺害の方法、さらに解剖の手順や詳細な解剖図まで記載されている。解剖しながら、個体の発育から、さらに特徴の比較を通じて、生物進化の道筋がたどれるようになっているのだ。実際に大学で出題された問題も掲載され、教科書として至れりつくせりの構成で、人気が出て翌年には改訂した第二版が出ている。比較解剖学として、差異だけでなく共通点にも注意を払っているウェルズが、生体間の移植に忌避の感情を持ったはずがない。それがモロー博士の行為として描かれている。

　生理学者として高名だったモロー博士がロンドンを去ったのは、スキャンダラスなひとつの事件がきっかけだった。ひそかに博士の助手として潜りこんだ新聞記者が、研究室でのようすを暴露するパンフレットを発行し、「モローの恐怖（ホラー）」として売り出した。黄色い表紙に血を思わせるセンセーショナルな赤い文字でタイトルが記されていた。しかも、発売となった時に、「生体解剖」をした犬が実験室から逃げ出したのだ。その犬は皮がはがされ、足を切られていたせいで、動物虐待というスキャンダルとなり、モロー博士はイギリスにはいられなくなった。ウェルズが生物学の教科書で解剖を示したのも、あくまでも死体となった生物だった。

モロー博士が行った犬の皮を剥ぐような生体解剖を行うことは社会的な事件だった。動物の虐待を制限し愛護を目的とする「動物虐待防止協会」が一八二四年にできて、四〇年には女王の認可を得て「ロイヤル」の名前を冠していた。生体解剖の禁止も活動目標のひとつであり、動物に人間のような魂が存在するのか、苦痛を感じるのかが議論の焦点となっていた。

ここでは、聖書を規範として人間を神から選ばれた者だと考える古い立場と、人間を動物の一種だと分類して納得するという進化論がもたらした新しい考え方とが衝突している。その衝突が、既存の「人間」対「動物」の葛藤という姿ではなくて、モロー博士たち人間と、ハイエナ人間をはじめとする人間化されて言葉も話せる動物との間の葛藤という「人間性の領域」で行われているのだ。衝突する領域を移行したせいで、読者は感情移入しやすくなる。あくまでも人間どうしの争いに見えるからだ。

プレンディックが、いっしょに島に連れてこられたピューマの鳴き声に心を動かされたのも、まずは動物への共感からだった。しかも「彼女」と呼ばれていて、明らかに「雌」だとわかる。それがウェルズのネコ科の動物への関心とつながっていると読む解釈もある（ブライアン・オールディス「エブリマンズライブラリー版序文」）。ウェルズは恋人のレベッカ・ウェストを「豹」と呼んだり、自分を「ジャガー」と呼んだりしていたのだ。プレンディックがとりわけピューマに感情移入したのには、そうした作家の個人的な事情があったのかもしれない。

だが、それに対して、モロー博士は、「人間はというと、知性がませばますほど、身の安全を知性で計るようになり、危険を遠ざけるために苦悶は不要になるだろう。遅かれ早かれ、無用なものは進化につれて消失する」と断言する。苦痛を感じているのは、野蛮な遺物であって、進化した将来は知性によって苦痛を克服できるのだから、煩わしく思う必要はないという主張である。実証として、いきなり自分の筋肉にナイフを突きつけて、神経のないところでは苦痛は感じないと、デモンストレーションをしてみせたりもする。白髪のモロー博士が見せる思わぬ行動力が、プレンディックに対する説得力となっていく。

プレンディックが島の中をうろつくと、「獣人」の姿を見かけ、肉食を行っていたり、豚などの家畜にそっくりの人間を見つける。そして「青ひげの秘密の部屋がある」と忠告を受けたように、扉を開けてしまった実験室では、モロー博士が血まみれの外科手術をしていた。その姿を見たとき、プレンディックは、人間を動物へと改造していると考えた。次の犠牲者に自分が選ばれるかもしれないと恐怖にかられ、脱走を試みるが、もちろん島の中に逃げ場はない。モロー博士たちの「人間狩り」によって捕まってしまう。

獣人たちといっしょにプレンディックを海岸へと追い詰めたモロー博士は、誤解を解くために、獣人たちに内容がばれないようにラテン語を使い、動物を人間へと改造するのが自分の実験なのだと説明する。その後実験室を見せてもらったりして、動物を外科手術によって改造していることにようやくプレンディックは納得する。

そして、モロー博士は、この十年間に理想通りではない失敗作ができても、「人間ができるのには、十万年がかかっておるのだ」として追及をやめない。自然選択という進化のメカニズムに頼るならば長い時間をかけないと起きない変化を、人為的に選択して一足飛びに行うのだ。自然の摂理を無視して、経年変化を圧縮する乱暴な行為が、何よりもおぞましく感じられるのである。モロー博士による獣人製造は、時間を圧縮し飛び越えることに他ならない。

# 2 ハイブリッドの怪物たち

## 人間と動物の境界線

『モロー博士の島』では、進化論のインパクトを受けて、人間と動物との境界線を一体どこに引くのかが疑問視される。多くの人が「人間性」と考えている性質を、他の生物も共有できるのかが問われている。もしも共有できないのならば、動物を人間の身体へと改造したところで、外観を似せて作っただけにすぎない。まさに「仏作って魂入れず」になってしまうだろう。だが、教育によって他の生物にも「人間性」を与えることが可能ならば、人間の身体は魂を入れる単なる容器になってしまう。人間は唯一無二の存在ではなくて、他の生物と等しい地位にある。この平等性の主張が、読者におぞましく感じさせる根底にある。ここでは、さまざまな動物の「人間化」が描かれる。全島に現在六十人以上いるとされるが、犬、猿、ハイエナ、ピューマ、狼、牛、ライオン、馬といったあらゆる動物が、寓意画のように人間へと改造されている。

動物を擬人化したり人間になぞらえる手法は古代からある。犬やネズミが主人公となる『イソップ物語』を考えてもわかるように、古代ギリシャではすでにおなじみだった。また古代エジプトの神々のなかには、アヌビスのように犬の姿をとるものもいる。人間と動物のハイブリッドな姿があちこちに登場するのだ。

しかも、古代ギリシャには、人間の顔かたちを動物との類推で分類する「観相術」が発達していた。哲学者のアリストテレスは、『動物誌』を著して、五〇〇以上の動物に関する知見をまとめて、解剖も含めた生物学的な知識を持っていた。アリストテレス著として残る「観相学」は、おそらく後世の逍遙学派の弟子が書いた偽書だとされるのだが、「額の狭いことは愚かさを意味する。豚の場合のように」などと、動物になぞらえて人間の性格を説明していた。アリストテレスの書には、人間を動物に喩える表現が他にも出てくるので、これが師匠本人の考えであるとわかる。しかも『動物誌』のなかで、動物に関する知見のあとに、人間の生殖などに関する見解を並べている。アリストテレスにおいては、人間と動物の連続性はある意味自明だった。両者の区別を強調したのが、聖書などのヘブライズムということになる。

医療においても、こうしたアリストテレス流の観相術に基づいて、人間と動物の間に性格的な対応関係を認めていたために、外部から異質な血液を注入して人間の性格を矯正する試みさえあった。十七世紀には「生気論」に基づき、動物ごとに血液が持つ性格が異なるとみなされ、人格を改造するために、おとなしい性格を持つとされた動物の血を人間に輸血することさえ試みられたのだ（スター『血液の物語』）。もちろん患者は最終的に凝血で死亡することになるが、外部から持ちこまれた刺激によって、人間の性格の改造が行われた歴史があるのだ。

このように人間の性質を動物を通して理解し、類似点を認めてきたからこそ、モロー博士の外科手術によって、動物から人間へと改造された「獣人」たちは、元からの「動物としての」性格を持つとされる。言葉を教えられ、「人間化」されてはいるが、ナマケモノや牛やキツネなどの性格に、昔話や教訓物語などでの類型をあてはめている。そして、牛人間や豹人間だけでなく、猿と山羊を合わせた獣人も存在している。その場合には複合的な性格の持ち主となるわけだ。

しかも獣人を「人間型」にしたのはあくまでも成り行きからだった、とモロー博士はプレンディックに告白する。動物を別の動物に改造する考えも持っていたのだ。

別に羊をラマに、ラマを羊に改造してもかまわなかった。どうも、人間の形態には、ほかのどんな動物の形より、審美的な精神に強く訴えるものがあるようだ。しかし、人間の製造に固執していたわけではない。一、二度は……。（第十四章）

獣人たちは言葉通りに人間型になっている。「審美的な精神」という表現から、モロー博士が自分でも気づかぬうちに自己を投影していたとわかる。神が似姿としてアダムを作ったという神人同形ともつながる主張である。博士の改造の目的は動物の体の特徴を人間に近づけ、「人間性」を与えることだった。最初は人間とはほど遠い羊で失敗し、次にゴリラを使って人間化に成功する。類人猿は羊よりも人間に近いので改造しやすかったのだ。そして言葉を教え、数え方やアルファベットまで教えたせいで、ゴリラ人間は獣人として生活できるようになった。

モロー博士が「獣人」にこだわっているのには、人型のロボット製作にこだわる日本のロボット技術者たちと共通する心情がある。しかも知性など人間性を容れるのは生物の身体ではなくて、金属などからなる無生物の身体でもよいとみなす発想に発展する。モロー博士による生物改造実験が、ロボットのような人工物を製造する物語とも交差する。

もちろん人間型のほうが、人間社会で使われるさまざまな道具や装置と親和性が高い。モンゴメリーが従者として扱うム・リンは手術の成功例で、「熊に犬と牛の長所を加えた」獣人である。モロー博士の住居に出入りして、食べ物を運んでも違和感がない。他の獣人たちも、基本的には服を着て、英語という共通の言葉を話している。それがプレンディックからすると余計に人間との差異を際立たせてしまうのだ。

ただし、「一、二度は……」と言い淀んだように、モロー博士は人間型以外の生物を作ったことがある。それは蛇のように地面をくねくねと進み、つかまえた対象を殺害する怪物だった。モロー博士は、ゴリラたちから生まれた獣人を「彼」や「彼女」と人称代名詞で呼ぶのだが、この怪物は「それ」と呼び人間扱いをしない。「それ」を始末した後、モロー博士は人間型だけを作ることに決めた。こうしてモロー博士の島は、どこか「エデンの園」を踏まえた話となってくる。モロー博士を中心に秩序を保とうとしている点で「エデンの園」であり、動物たちが外から連れてこられたという意味で「ノアの箱舟」でもある。

神であるモロー博士は、獣人を脅かした蛇を始末し、支配者として君臨している。言葉を教えられ獣人たちは、キリスト教を習ったカナカ人の宣教師が教えた「掟（＝法）」に従っている。反逆をする者も現れてくるが、モロー博士とモンゴメリーは、鞭から威嚇射撃までさまざまな暴力によって封じ込めてきたのだ。人間をコピーするからこそ、じつは抵抗する心が芽生えるという皮肉が描き出されている。

## 神話やファンタジーの獣人たち

モロー博士が人間型にこだわるのを「審美的精神」のせいだとしたのは、神話やファンタジーに登場する獣人の姿を念頭におくためである。動物と人間のイメージが合成された半獣半人は、サテュロスをはじめとしてギリシャ神話に登場する。そして、モロー博士もじつは山羊を改造してサテュロスを作り出していた。さまざまな怪物めいた獣人がじつはすでに古代から描き出されていたものだった。透明人間の場合と同じく、発想そのものは昔から存在し、ウェルズはそれを疑似科学的な説明によって実現可能であるかのように描いたのだ。だから半人半獣をめぐる文化的な表現の系譜のなかにモロー博士の物語が置かれる。

たとえば、獣人たちの存在を描いた第十一章に、「コーマスの饗宴」という言葉が出てくる。これが小説の背景にある伝統を示しているのだ。ジョン・ミルトンの仮面劇『コーマス』（一六三四年）から採用されていて、コーマス（またはコーモス）とは酒の神のバッカスと魔女キルケーの間に生まれた魔術師である。ミルトンの作品では、コーマスが「淑女」を誘惑するのだが、魔法の杖を持ちながら登場すると、さまざまな動物の顔をした人間たちがつき従っている。それはコーマスが変身させた者たちだった。プレンディックがモロー博士と獣人たちの関係からミルトンを連想したのも当然だった。もちろん成立事情は逆で、ウェルズがミルトンの作品からインスピレーションを受けてこの物語を作り上げたわけである。しかも、ウェルズはミルトンそのものだけでなくて、十九世紀の動物画家のエドウィン・ランドシーアが描いた「コーマスの饗宴」（テート美術館蔵）を参照したとされる。

もしも、ランドシーアの絵がヒントになったとすれば、顔が馬で薄衣を身にまとった女性が、魔法の杖を振り上げるコーマスにすがる様子が描かれている。さらに、豹や狼や猪の頭をした半人半獣たちが、酒の入った杯などを手にして宴の最中である。ここに描かれた人間型の動物が、さまざまな人種や民族にも見え、どこか「トルコ」の後宮のようなオリエンタルを描いた絵にも似ている。このようにミルトンの世界が視覚化されていたおかげで、モロー博士の島の世界を作り出す時にウェルズは参照できたのだ。

## マッド・サイエンティストの倫理

こうした半人半獣といった存在、とりわけ服を着て英語を話す動物というのは、『不思議の国のアリス』のウサギや「ピーター・ラビット」などのファンタジー文学でおなじみである。ファンタジー内の存在を手っ取り早く作り出すには、生命の改造や合成といった技が必要となる。中世以来の伝説や神話が生み出した奇怪な生き物の存在を読者に納得させるには、海の向こうに生存するという設定がさらに有効と考えられたのだ。小説全体がプレンディックの体験記という形式を採用したせいで、モロー博士の姿はその記述の向こうに見えているにすぎない。全てがプレンディックの夢や妄想にすぎないとする言い訳をする準備ができている。

しかも、序文があり、プレンディックの甥を名乗る人物が説明を加えている。生還した場所の緯度や経度（南緯五度三分、西経一〇一度）、さらに年号や日付（一八八八年一月五日）が挙げられているが、すべて架空である。作品発表の十年前に起きた出来事とされ、舞台も南米のチリ沖の太平洋が選ばれていた。モロー博士の島の候補として、ノーブル島という火山島の名前を出すのだが、そこは現在は無人で、叔父のプレンディックが述べた痕跡は存在しないと結論づける。序文と本文につけられた注記からは、この話が「真実」であるという根拠は完全に失われ、小説全体が漂流したプレンディックの幻想とみなす逃げ口が用意されている。出発点や根拠を消すという語り方自体が、ウェルズが得意とするやり方だった。

『透明人間』でグリフィンが田舎の寒村に実験施設を求めたように、人里から離れた島で実験は行われる。シェイクスピアの『テンペスト』（一六一二年ごろ）に出てきたプロスペロは、古い本を研究して魔術を極めた。かつてミラノの公爵だったのだが、研究三昧で現実政治には疎くて、君主の座を弟に奪われてしまう。同じように、モロー博士の住居の書斎には「医学書と、ラテン語とギリシャ語の書物」が並んでいた。古典的教養が基になっていて、「小学生の」と自嘲する片言のラテン語を使う。プレンディックも英訳がついた「ホラティウスの注釈書」を手に取って読むくらいの教養を一応持っている。どの作品を読んでいたのかの言及はない。だが、ホラティウスの詩には、有名な「カルペ・ディエム（その日を掴め＝今を楽しめ）」という詩句があるので、刹那的で虚無的な時間に関して、あれこれと考えていたのかもしれない。

だが、その読書もピューマの鳴き声によって中断させられる。古典的な知識や教養だけでは対処できない新しい事態が発生しているのだ。それが知における衝突となっている。ウェルズがロンドン大学でT・H・ハックスリーから学んだ新しい倫理が関係してくる。ハックスリーが提唱したのは、オックスフォードとケンブリッジの両大学が、アリストテレスをはじめとする古典学者たちが残した文章への「本文批評」を主としていたのに対して、調査研究というものを予言されていない可能性に満ちた目的を定めない発見の旅だ、とみなす実践的な倫理の採用だった。一八八五年の春学期にハックスリーから数週間習ったことがウェルズの生涯に大きな影響を与えた（デズモンド『ハックスリー』）。プレンディックが、古典であるホラティウスを離れて、モロー博士の行動へと関心が向かったのも当然である。

モロー博士は外科手術によって生物の姿を変えるが、それが生物の可能性を広げただけだ、と考えている。そして、移植によってハイエナと豚をまぜた「ハイブリッド」な獣人さえも作り出す。人間にする過程で、都合のよい性質だけを採用することで、一種の品種改良を行ってもいる。この延長上に、人間そのものを改造するという考えが出てきても何ら不思議ではない。

## 動物の改造から人間の改造へ

プレンディックが恐怖を感じたのは、モロー博士が人間を動物に改造していると錯覚したせいだった。この連想には一定の根拠があった。モロー博士が行っている手術は、人間ではない動物が対象なので、医療行為ではなく、動物実験の範疇に入るのは確かだ。羊や馬やピューマを切り刻んで、鼻や皮膚を移植したり骨格や脳を改造しても、生物学上の実験という名目でかろうじて擁護できる。

ところが、殺人犯のなかには、殺す対象を虫や小動物からしだいにエスカレートさせて人間に至った者もいる。そして同じように、薬効を確認したり治療法を確立するための動物実験も、まずは小さな生物からはじめて、しだいに犬や豚といった人間に近い動物へと向かうのだ。モロー博士が豚や馬などを「まっとうな」人間へと改造する実験を繰り返す先に、人間そのものを「まっとうな人間」へと改造する発想が出てきても不思議はない。

昔から人間に対していろいろな外科的手術が行われてきた。たとえば「頭蓋開口術」は、フランスで発掘された紀元前六五〇〇年ごろの人骨に頭が開けられた跡が残っていて、すでに治療行為として実行されていたのではないかと推定されている。そうした人骨は、頭蓋に孔を開けて「精神にとって不都合な血」を外に出す一種の放血行為を行った結果なのだ。他にも古代人の骨に外科手術の痕跡はたくさんある。

そして、必ずしも治療とは言えない、「割礼」のような宗教的な儀式もある。ユダヤ教から伝統が続くことが知られ、それをキリスト教やイスラム教も継承してきた。イエス・キリストが割礼する場面の絵が、十七世紀の画家グイド・レーニによって描かれたこともある。キリストがユダヤ人の風習にのっとって割礼された可能性はある。しかも、割礼の最古の記録は、エジプトのサッカラで出土した紀元前二四〇〇年ごろの粘土板に描かれた外科手術をする場面のイラストである（ギャラハー『割礼』）。男性の生殖能力を確保するための施術といえる。また、鼻の高さを調節したり、頬骨を削ったりするといったスタイルを変更する美容外科も、一種の身体改造といえる。

こうした割礼や美容整形は、生殖能力や本来の骨格の延長上に変更を加えただけだった。けれども、改造をもしも身体のなかでもとりわけ重要な脳へと向けた場合には、一体どうなるのか。モロー博士は、動物たちの脳の隙間を拡張したりすることで容量を増やすのが、知性の発達につながると考えていた。ウェルズは、生物学の教科書で、魚や小動物の解剖を通じて「下等な生物」からの進化を学生たちに確認させていた。モロー博士にはさらに大きな生物を解剖させている。そしてゴリラや犬を人間に改造したあとで、もしも鞭や銃で制御できないならば、凶暴化を抑止するために、外部からのさらなる介入が必要となってくる。そして、動物に実行して効果が認められたならば、その延長として人間に対しても同じことを行うかもしれない。だから、動物改造の先にあるのは、人間を対象にして、精神へとつながる頭蓋の内部へとメスを入れることだった。モロー博士の動物改造は、プレンディックが直観的に把握したように、人間へと適用する予行演習でもあった。現在でも、薬品から化粧品までの製品開発で多くの動物実験が行われ、その上で実用化される。モロー博士がピューマを生体解剖して、知性を獲得させるために脳の「空白」や「隙間」を埋めて能力を拡充するという発想は、プラスにもマイナスにも働く。人間の感情の暴走を抑えたり、知性を高めたりすることが、外科手術によって可能だと考える医師もいるのだ。

モロー博士自身は、「ハンター博士の実験のことは、おそらく聞いたことがあるだろう――雄鶏の蹴爪を牡牛の首にくっつけたやつだ」と、十八世紀に活躍したジョン・ハンター医師を

モロー博士のモデルの一人であるジョン・ハンター（John Hunter, 1728-1793）。

先駆者としてあげていた。解剖医であり、墓から死体を盗んだ男で、奇怪な動物たちの標本を集めた奇人医師である（ムーア『解剖医ジョン・ハンターの数奇な生涯』）。ウェルズがモロー博士の人物像を生み出したときに、この解剖医のエピソードがヒントとなったのは間違いない。

そして、十九世紀前半に実在した「シャム双生児」つまり結合双生児にも、モロー博士は言及している。人体と人体が結びついて生まれてきた結合双生児は、現在大半の場合に手術によって分離が可能だが、人間の身体の「可塑性」を主張するウェルズにとって肝臓を共有するシャム双生児は示唆的だったのだ。その後、結合双生児に異常な関心を示したのが、「死の天使」とあだ名されたヨーゼフ・メンゲレ医師だった。ナチス・ドイツ最強のマッド・サイエンティストとされ、ウィルムヘルム国王優生学研究所で働きながら、収容所内のとりわけ双子に関心を示し、人体実験を繰り返した。人間を縫い合わせたメンゲレ医師の行為は、ハンター医師やモロー博士の手術の延長上に位置づけられるのだ。もちろん『モロー博士の島』から四十年近くたって実際に行われたメンゲレ医師による行為は戦争犯罪とみなされ、多くの人からの弾劾の対象となった。だが、本人は戦後南米へと逃れて、逮捕されて裁判にかけられることもなく、その地で亡くなった。

メンゲレ医師の犯罪はガス室と同じようにナチス・ドイツの狂気と結びついたものとして理解されている。ところが、同時期に行われた「ロボトミー（lobotomy）」手術は、「治療」という名目で戦後に広がったのだ。「頭蓋開口術」は、基本的には脳に溜まった血を外に出すだけだったが、ロボトミーは人間の精神を外科手術を通じて操作するものである。英語でのつづりが異なるように、「ロボット（robot）」とは関係ない。頭蓋骨に孔を開けたり、鼻孔の奥から器具を挿入して、脳の前頭葉の一部を切除する手術である。それによって患者の性格が大きく変わってしまう。最初チンパンジーに施された手術が、一九三六年にポルトガルのエガス・モニス医師によって人体に行なわれた。その後、アメリカでウォルター・フリーマン医師が発展させて、「ロボトミー」として知られるようになった。モニス医師は医学に貢献したとして一九四九年にノーベル賞を受賞した。

ロボトミー手術のような「精神外科」と呼ばれた手法は第二次世界大戦中に日本にも導入された。患者による殺人事件などを引き起こし、治療としての効果に疑問がわき、倫理的な問題点が多すぎるとして、現在では正式に中止となっている。そのため、モニス医師やフリーマン医師への評価は一転してしまった。人里離れた島のなかで、精神科医が人間の性格を改造する反社会的な実験をしているのではないか、という設定は、デニス・ルヘインの原作小説とその映画化である『シャッター・アイランド』（二〇〇九年）のように、不安をかきたてる材料として、最近でも利用される。

『モロー博士の島』が描いた知性の獲得と外科手術との関係は、その後の精神外科がもたらす悲劇を予兆していた。しかも、獲得したはずの知性が、理想的な方向へと発展し伸び続けるのではなくて、退化したり歪んでいく。モロー博士は人体実験から実用へと向かう手前で亡くなってしまうのだ。

## 3　掟と退化論

### カナカ人と掟

モロー博士の島にプレンディックがたどり着いた時には、獣人以外の居住者はモロー博士とモンゴメリーしかいなかった。けれども、実験を始めた当初は、六人の「カナカ人」が博士たちを手伝っていた。彼らが小屋を建てたり、日常生活の用意を担当したのだ。その内の三人は生活が耐えられなくなって、ヨットで逃げてしまった。これによって、島と外界との自発的な交通手段が消えてしまう。そして残りの三人の内で、一人はランチから落ちて亡くなり、もう一人は毒草によって死亡し、最後の一人はモロー博士が作った蛇のような怪物の犠牲となった。

獣人を増やしながら、それにつれてカナカ人を犠牲にしていく火山島の風景が、そのままモロー博士の頭脳の内部の妄想を実現化している空間のように思えてくる。この島は、寄生植物が繁茂するジャングルもあり、温泉が湧き、水平線の向こうにプレンディックが帰るべき世界があるのだが、脱出する方法はなかった。年一回立ち寄る帆船があるだけだったが、それも小説の冒頭での船長とモンゴメリーのけんかで立ち寄ることもなくなった。そもそもプレンディックが、帆船の船長によって海上に置き去りにされ、その後この島に幽閉させられたことで、モロー博士の思考と支配の圏内に囚われている。プレンディックが島のどこへ逃亡しても、すぐに追いつかれるし、ようやく島から脱出できたのが、モロー博士の死後なのも当然なのだ。

それにしても、この「カナカ人」とは何者だろう。本来は「カナカ・マウリ」といってハワイ諸島（別名サンドイッチ諸島）などに住む人たちのことだが、太平洋上のイギリス帝国の植民地での労働力として、カナダでのクジラをとる漁業からオーストラリアでの農業や鉱業まですさまざまな仕事に従事した。マーク・トウェインは、『赤道に沿って』（一八九七年）のなかで、オーストラリアのクィーンズランドで虐待されるカナカ人の話を書き留めている。そして「クィーンズランドは白人にとっては天国で、死亡率は千人中十二人だが、カナカ人の死亡率はずっと上である。人口統計によると、一八九三年は五十二人で、九四年に（マッケイ地区では）六十八人だった」と記す。それぐらい過酷な状況だった。トウェインが会った宣教師は、カナカ人の虐待は弱者を守るというキリスト教の教えに反し、しかも「奴隷狩り」が行われているという現状をトウェインに語っていた。

じつはモロー博士たちと来たカナカ人の一人は、かつて宣教師だったという。そしてキリスト教の教えをゆがめた形で獣人たちに伝えて、その後島からカナカ人はいなくなってしまった。このように『モロー博士の島』に痕跡を残すヨーロッパから見た労働力としての、また布教の対象としてのカナカ人の扱いは、太平洋上でイギリスの植民地がどのように形成されたのかを明らかにもしている。最後までモロー博士やモンゴメリーに従順なム・リンという肌の浅黒い従者は、島での生活の維持に必要だったカナカ人の代用物として作り出されたのである。モロー博士たちこそ、こうした獣人を必要とするのだ。動物改造はそのまま奴隷的労働力の創出となるし、カナカ人を獣人と同列視する偏見がある。なぜなら、獣人の世話をして言葉を教える役目さえもが仲間だとしてカナカ人に委ねられていた。

『モロー博士の島』に限らず、ウェルズの小説に人種差別的な意識や、階級上のエリート主義を読み取ることは難しくない。たとえば、『モダン・ユートピア』（一九〇五年）において、未来のユートピア世界は単純に平等ではなくて、まるで江戸時代の士農工商のように、「サムライ型」「創造型」「活動型」「鈍感型」「底辺型」という五つの気質に基づいた階級に分かれている。性格による分類がそのまま利用されているのは、イギリスの階級制度の投影でもあり、トップが王侯貴族ではないというだけである。これは形を変えて残り、オーウェルの『一九八四年』のようなディストピア小説でも、「党中枢」「党外郭」「プローレ」の三段階の階級が存在する。そのまま現実のイギリス社会を投影しているのだ。

ウェルズが教育を受けた時には、ダーウィンの説は、生物の発展や進化の理論を社会へと適用する「社会ダーウィニズム」や「優生学」といった発想となって広く浸透していた。「優生学」を提唱したフランシス・ゴルトンは、ダーウィンの親族だが、統計学を確立していくなかで、「標準偏差」のような数値によって、逸脱を捕まえる方法を発展させていった。そして、ドナルド・チャイルズによれば、左右のイデオロギーに関係なく、優生学の発想が世紀の転換期には知識人たちに浸透していた(『モダニズムと優生学』)。保守主義的な文学者だけでなく、フェビアン協会に属するバーナード・ショーなどのメンバーも含まれ、ウェルズも例外ではなかった。社会改良を目指すときに、「弱者」をどう扱うのかは大きな課題となってくる。

その点についてウェルズおよびその他の人たちが、理想主義を掲げるほどに、じつは不十分と思える人々への排除の力は強くなる。ウェルズが著書に序文を寄せたことのあるサンガー夫人の「産児制限」が、人口抑制という名前の「弱者」切り捨てと結びつく可能性もあるのだ。モロー博士たちがプレンディックを最終的に受け入れたのも、ロンドン大学で教育を受けた中産階級の白人だったからに他ならない。もしも、単なる船員とか、植民地を放浪する肉体労働者であったなら、同じ運命をたどれたのかはわからない。帆船の船長に海上に置き去りにされた時点で、モロー博士たちも見放していたかもしれない。そこには明白な差別がある。

さらに獣人たちは「掟」と呼ぶもので規律を保とうとしている。これは明らかにキリスト教をパロディにしたもので、発表時にその点の批判もあがっていた。登場する「掟」は「四つ足で歩くなかれ」「口をつけて飲むなかれ」「生肉、生魚を食べるなかれ」「木の皮で爪をとぐなかれ」「ほかの人間を追うなかれ」と続く。「主の家」といった聖書をもじったような言葉が並び、モロー博士を造物主として崇めるのだ。プレンディックは無視したり、軽視するのだが、島での彼の命を長らえさせたのは、獣人の間に肉食のタブーが布教されていたので、獲物として狙われなかったせいなのだ。

ただし、プレンディックはそうした掟にしばられている獣人たちが幸福ではなくて、モロー博士に翻弄されていることに批判的だった。

かつて彼らはけだものだった。本能はみごとに環境に適応し、それなりに幸福に暮らしていた。それがいまでは、人間性という足枷をはめられてよろめいている。決して消えない恐怖にさいなまされ、理解できない掟にわずらわされている。彼らの人間もどきの生活は、苦悶のなかではじまり、いつ果てるともしれない内面の葛藤と、モローへの恐怖に終始するのだ——なんのために？（第十六章）

確かにタブーと掟を唱えることでかろうじて大きな争いが起きずにすんでいた。だが、プレンディックが恐怖から豹人間を銃で殺害してしまい、それを引き金に獣人たちが反乱し、モロー博士が襲われて死ぬ。それとともに、かろうじて「モローへの恐怖」によって保っていた秩序は崩壊するのだ。

## 進化と退化の衝突

モロー博士は、どのような動物でも人間に改造できると豪語するのだが、最大の嘆きは、動物を外科手術によって人間化して言葉などを教えて「人間性」を獲得させたのにも関わらず、最終的に動物の特徴が出てきて、知性が衰退していくことだった。モロー博士とモンゴメリーは動物人間を作り出しただけで、新しく人間を生み出してはいない。

ウェルズが参照したコーマスは、人間を魔法の薬で豚に変えた魔女キルケーを母に持ち、酒の快楽をもたらす父バッカスの力も併せ持っていた。二つの神話の合成物だが、どちらも人間の性質を変貌させる。ところが現代のコーマスであるモロー博士が、手術で獲得させた性質は遺伝しない。個体ごとに外科手術で作りあげなくてはならない。獣人の間では一夫一婦制を守らない婚姻関係も行われているのだが、そこで子孫が繁殖しても、「獲得形質は遺伝しない」というラマルクの考えが守られているせいで、自立的な「獣人島」とはならないのである。結局は元の動物に戻っていくことになるし、寿命も一年くらいと短いのだ。一二〇人が生まれたのに、生き残っているのは半数だった。まさにカナカ人のように短命で一種の使い捨ての命なのだ。

こうした人為的な操作によって個人における知性が上昇し、その後衰退する過程を描き、強い印象を与えたのが、ダニエル・キイスの『アルジャーノンに花束を』（一九六六年）だろう。タイトルのアルジャーノンは実験用のネズミの名前であり、主人公のチャーリーと迷路を使った知能テストを争った相手だった。だが、次第にチャーリーは薬によって知性を獲得し、そして最後には戻っていく様子が、手記の文章を通じて読者に示される。最初はスペルミスがたくさんあり、文字を覚えたての子供のような短い文章の羅列が、格調高く論理的になり、自分の運命や状況に分析的になっていく。ついには知能が戻っていく様子に、一生分を短期間で生きた人間の記録としても読める。同時にこの手記は、動物改造を目撃したプレンディックのような客観的な語り手ではなく、モロー博士に改造された「獣人」の側から眺めたものともいえるのだ。

じつは、その視点に立つと、プレンディックが直観的に感じていたモロー博士の残酷さが浮き彫りになっていく。モロー博士は獣人たちの運命に「無関心」なのだ。そのことによって「無責任」な支配者による王国が出来上がっている。モロー博士をメアリー・シェリーの『フランケンシュタイン』（一八一八年）の後継者だと多くの批評家はみなすのには理由がある。そこに共通するのは造り出したものへの無関心に他ならない。

しかも『モロー博士の島』の中では、退化する者と道徳的に堕落する者は直接結びついている。ここにマックス・ノルダウによって広がった世紀末文化を退化とみなす論の影響を読むことは簡単である。ノルダウの『退廃論（退化論）』（一八九二年）と題した本では、ラファエル前派の絵や象徴主義の詩やデカダンス文学やニーチェ哲学などさまざまな同時代の作品をとりあげて、その退廃ぶりとヒステリーぶりを告発していた。ゾラなどのリアリズム文学も誤っているとみなすのだ。ノルダウはユダヤ系なのだが、皮肉にも彼の考えそのものが、その後ナチス・ドイツによる「退廃芸術」批判の基礎となってしまった。批判されたなかには当然ながらユダヤ人芸術家がたくさん含まれていた。

ウェルズの小説の議論によれば、退化はあらゆるところに入りこむ。外科手術のせいで、動物だった時代の記憶が白紙となり、人間の言葉を覚えたはずのゴリラ人間が、本能的に先祖返りの徴候をしめすようになるのだ。もともと持っていた「野蛮な」性質が人間化のあとで浮上してくる。なので互いに殺し合いや肉食を戒める必要があった。しかも、退化するのは獣人ばかりではない。

アルコールの力による人間の堕落や退化が描かれている。プレンディックを小舟から救ってくれた帆船の船長は酔っ払いで、動物を運ぶモンゴメリーとその従者への不信から、プレンディックを無一文だとして船の外へと追い出してしまう。酒のせいで道徳的な判断ができなかったせいだ。プレンディックが島の外へと最後に脱出できたのは、死骸を二つ乗せたボートが漂着したせいだったたったが、発見した死骸のひとつが船長に似ていた、とプレンディックは言う。明らかにアルコールで判断を失った船長の行く末の暗示だった。

もう一人のアルコール依存者は、モロー博士の助手のモンゴメリーである。彼はブランデーを飲みふけり、しだいに判断力を弱めていく。博士に代わって鞭をふりながらも、あくまでも助手にすぎなかった。反逆する獣人によってモロー博士が殺害されて、島の秩序が崩壊したときに、助手だった彼には自分の運命を呪う以外に道はなかった。そして、最後には灰色の獣人に襲われて、差し違えて亡くなってしまう。

帆船の船長やモンゴメリーのように、アルコールに溺れた人間は生き延びることができなかったのに対して、プレンディックは異なる。彼はモロー博士からブランデーを勧められたときに、「わたしはブランデーに手をつけなかった。もともと酒は一滴も口にしなかったからである」と告白している。同じように酒を勧めたモンゴメリーにも「禁酒家だ」と言って断っている。どうやらプレンディックは「禁酒主義者」なのだ。酒による「堕落」に巻き込まれない道徳的な態度をすでに持っていた。

さらに、プレンディックは船での羊料理はがまんできても、島でのウサギ料理への嫌悪のようすから、菜食主義的な傾向を持っているとわかる。少なくとも肉食に対して距離をとっているし、獣人が生肉を食べる場面への反発や、手術室でピューマを解剖した血だらけの姿を見たせいですっかり食欲が失せていた。ウェルズが生物学の教科書で最初にとりあげたウサギが菜食動物であることをはじめ、菜食主義への共感がウェルズの作品にはあふれているのだ（ケンプ『H・G・ウェルズと絶頂期の猿』）。

プレンディックは語り手だから、最後まで生き延びないと回想録が成立しない、というご都合主義的な理由がもちろんある。だが、こうした禁酒主義と菜食主義が、どうやらプレンディックがモロー博士たちに同化せずに済んだ理由とされる。偶然にもよるのだが、こうした道徳的な規範のおかげだったというのが小説全体の主張となっている。プレンディックが、コーマスつまりモロー博士の魔法や論理にも、モンゴメリーの酒の誘惑にも負けなかったせいで、どうにかサバイバルできたわけだ。

## モロー博士の死

新しい倫理を持つことで生き延びたプレンディックに対して、退化しているのがモロー博士だった。それは彼が白髪の老人だからというだけではない。彼が依拠しているのは、理想の人間を外科手術によって作り出そうとする最先端の科学技術である。そして、自然界にあるものは、能力の獲得を自然選択に基づく進化に委ねているのに、その部分を人為的に乗り越えようとする理想主義者でもあった。けれども、それは啓蒙主義などで得られた理想的な「人間」の規範を押しつけているにすぎない。

そもそも、モローというフランス系の名前が、「肌の浅黒い」という意味を持ち、さらには「ムーア」から来ている。これは北アフリカからスペインのイベリア半島にかけて広く住んでいた人々の古称である。シェイクスピアの「黒人」将軍であるオセロがムーア人であることは有名だが、その後に異人種間結婚の悲劇にみまわれる。ヴェニスの議員の娘であるデズデモーナを妻として手に入れたのは、魔法を使ってたぶらかしたからだと彼女の父親は決めつけた。これがイギリス文学におけるムーア人のイメージである。モロー博士の外面は確かに白人なのだが、その名前から魔法を使って他人をたぶらかすムーア人のイメージを連想させるのがウェルズのねらいだったと、カナダの作家マーガレット・アトウッドは「ペンギン版序文」で指摘している。この考えがあてはまるのなら、退化や未開のイメージは、アルコールに溺れるモンゴメリーだけでなく、モロー博士にも共通していることになる。

自然や進化の「法」と、獣人たちの世界の「掟」は、どちらも「LAW」という英語で示されている。だが、モロー博士が作りあげた「楽園」は、彼の死によって終わりを告げる。それは「神の死」でもあり、新しく獣人が生み出される可能性が消えたことになる。作品全体の三分の二をすぎたところで、モロー博士は殺されてしまう。そして助手のモンゴメリーも同じ運命をたどる。彼ら二人が獣人に対して、銃や鞭で維持してきた秩序が崩壊してしまうのだ。反逆の先頭に立った獣人たちは亡くなってしまうのだが、残った獣人たちの間でプレンディックはサバイバルをしなくてはならない。もちろん彼にはモロー博士のやったことを理解する力はあっても、手術の秘訣を知る由もなかった。

プレンディックの島からの脱出とロンドンへの帰還は、『ロビンソン・クルーソー』などの孤島での体験記の常套手段である。だが、筏を作り出そうにも、プレンディックの受けた科学技術教育ではなかなか無理だった。せっかく作ったのに、作業をしたのが島の内陸で、海岸まで運ぶ間にバラバラになるという具合だった。そして、結局は島に漂流してきたボートに乗って海をただよい、サモア諸島からサンフランシスコへと向かう船に拾われる。

プレンディックはロンドンに帰ってきたのに、絶えず恐怖や不安を感じているのだ。それは、周囲の人間が実は獣人であって、退化しているのではないかという不安である。このようにこの現実世界が価値転換して見えるというのは、『ガリヴァー旅行記』の第四編の馬の国からの帰還のエピソードをそのまま借用したものである。ガリヴァーは、馬と人との関係で馬のほうが論理的で人間らしいと考えたが、プレンディックは獣人たちの群れのなかで仲間もなく、ただ、書物に没頭し、閉じこもる生活をするだけになる。あのモロー博士のギリシャ語やラテン語がつまった書斎ともつながる。つまり、モロー博士の島から脱出したはずなのに、そこは相変わらず島の延長にすぎない、という皮肉たっぷりな結末なのだ。モロー博士は確かに亡くなったが、他人を改造しようとし、仲間に掟や大いなる考えを語る連中は、世紀末のロンドンにおいて事欠かないというのが、ウェルズが下した結論だった。

## モロー博士の闇の奥

最初に述べたように、『モロー博士の島』は三度映画化されている。なかでも三度目の映画化は『D. N. A.』という邦題で、モロー博士をマーロン・ブランドが演じ、プレンディックをヴァル・キルマーが演じていた。ブランドの起用は、『地獄の黙示録』(一九七九年)でのカーツ大佐を踏まえてい

アメリカで刊行されていたＳＦ専門誌「Amazing Stories」1926年10月号に掲載された“*The Island of Dr. Moreau*”の挿絵

たのは間違いない。これはコンラッドによる原作小説の『闇の奥』（一九〇二年）とウェルズの『モロー博士の島』との密接な関係を連想させる。

　並べてみると、『モロー博士の島』の批評的な書き直しが、コンラッドの『闇の奥』と言えるのだ。コンラッドが『密偵』（一九〇七年）をウェルズに捧げたように、友好的な影響関係が両者の間にあった。ただし、そこでコンラッドが言及しているのは「科学ロマンス」の作家ではなく、普通小説の作家としてだった。それだけに、『モロー博士の島』が与えたインパクトを内面化した可能性が高い。

　コンラッドの『闇の奥』のタイトルには、心臓の形をしたアフリカ大陸の意味も含まれているが、ノーブル（高貴な）島という皮肉たっぷりの名称が与えられたモロー博士の島とのつながりを感じさせる。そして、「モローの恐怖（ホラー）」という音が、カーツの最後の「恐ろしい、恐ろしい」と叫んで亡くなっているのと響きあう。プレンディックを語り手のマーロウとして読み替えると、マーロウがテムズ川の上でアフリカの話をしながら、ローマ時代にはロンドンもローマ帝国から見て野蛮だったという指摘をする。それは、プレンディックがロンドンに戻ってきたら、物の見方がすっかり変わってしまったというのと似ている。

そして、重要なのは、『モロー博士の島』がコンラッドをゆさぶったのは、モロー博士の得体の知れなさが、カーツという象牙商人の欲望と支配と結びつくことにある。確かに、『闇の奥』の背後には、コンゴにおけるベルギーのレオポルド王による過酷な略奪がある。だが、獣人とカナカ人の問題を盛り込んだ『モロー博士の島』は、そうした植民地主義の問題を別の形で浮かび上がらせたといえる。そして、船乗りでもあったコンラッドからすると、海の描写も含めてウェルズの処理が不満だったのかもしれない。

〈扱った作品〉

引用の翻訳は、中村融訳（創元ＳＦ文庫、一九九六年）と宇野利泰訳（ハヤカワ文庫、一九七七年）を、原文は、Brian Aldiss (ed) *The Island of Doctor Moreau* (Everyman's Library, 1993) と Patrick Parrinder (ed) *The Island of Doctor Moreau* (Penguin Books, 2005) を参照した。

ダニエル・キイス『アルジャーノンに花束を』小尾芙佐訳（早川書房、一九九九年）

コンラッド『闇の奥』黒原敏行訳（光文社古典新訳文庫、二〇〇九年）

映画には、モロー博士をチャールズ・ロートンが演じた『獣人島』（一九三三年）、バート・ランカスターが演じた『ドクター・モローの島』（一九七七年）、マーロン・ブラントが演じた『D. N. A.』（一九九六年）がある。

# 第3章
# 自己改造と監視する目
# ――『透明人間』

**【『透明人間』あらすじ】**

春先のアイピングの村にやってきた不審な一人の男が宿に泊まる。全身を覆って、正体を見せないが、彼は透明人間だった。たいていは部屋にこもって実験をしているが、出歩くと子供たちにはやされたり、村人から好奇の目を向けられる。お金に困り、盗みを働いたことがばれて正体をさらす。アイピングの村や周辺は騒動となる。逃げた透明人間は、大学時代の友人を頼る。そこで、自分がグリフィンで、人体を透明にするための人体実験に成功したが、透明から戻るための薬を発明しなかったことを告白する。実験はそのためのものだった。透明であることを利用して、恐怖の帝国を作るのだと宣言するが、友人に裏切られて、住民たちからの追跡を受ける。外国へ逃げようとして港町に向かったところで、捕まってしまい、とうとう死んだことで透明状態が終了してしまう。透明に関する書類は、偶然手に入れた男が隠し、解読されることもなく宝の持ち腐れとなってしまうのだ。

# 1　透明人間が出現する

## 透明人間の先駆者たち

一八九七年に発表された『透明人間』は、H・G・ウェルズの数ある小説の中でも、一度目にしたら忘れられないタイトルを持つ。私たち人間の身体が透明ではないからこそ、多くの人は昔から透明になりたいと望んできた。透明になれば、他人に見つからずに、そっと相手の生活や秘密を覗いたりできるし、誰か強い相手と戦うとしても、こちらの正体がわからないので、攻撃をよけて不意打ちを食らわすのも簡単となる。かなりのメリットが期待できるはずだ。主人公のグリフィンが透明になる科学的なアイデアを思いついたときに、「透明になることが一人の人間にもたらす全ての壮大なヴィジョンを見た――その神秘、その力、その自由を」と何の疑いもなく感じたのも不思議ではない。

こんな筋の話である。田舎の村の宿屋にやってきたグリフィンは、密かな実験をする透明人間だった。その正体がばれたとき、村中に騒動が起きる。暴れまわるグリフィンは、自分の実験ノートを求めるが見つからない。追いかけられて別の町で偶然学友のケンプ博士のもとに逃げこむ。そこで、実験の真相を話すが、博士が密かに警察に連絡していたので、また追跡が始まる。とうとうけがを負ったことで、グリフィンは死んでいく。そして死体となって初めて、透明であることから解放されるのだ。

出版された当時の書評家のひとりは、この作品を「信頼すべき科学の正当性を持ったお伽話」だと評価していた（『ウェルズの評論遺産』）。「サイエンス・フィクション」という言葉がアメリカで発明される以前なので、ウェルズは「科学《サイエンス》ロマンス」と呼んでいた。そして、書評家が「お伽噺」と呼んだように、透明になるという考え自体はウェルズの発明ではなく、昔から存在していた。

皆が一度は持つ夢だからこそ、透明になるアイデアもいろいろと出されてきた。古くは、紀元前四世紀にギリシャの哲学者プラトンが書いた『国家』の第二巻に、姿を消すことのできる魔力を持ったギュゲスの指輪の話が出てくる。地面の裂け目から見つけた指輪の力を利用して、羊飼いのギュゲスがリュディアの国王を殺し王妃を奪って新しい王となった、というエピソードだった。姿を隠して権力を奪う時に使われるこの指輪は、トールキンの『指輪物語』に出てくる世界を支配できる「一つの指輪」の原型ともなっている。

そして、イギリスの中世のアーサー王の神話や、ジャックと巨人が登場するケルトの民話には、「姿を隠せるマント（透明マント）」という宝物が出てくる。これはハリー・ポッター・シリーズにも登場していた。アーサー王の円卓の騎士のひとりであるガヴェインがこの透明マントと関連するのだが、実はこの話そのものが、プラトンの伝えたギュゲスの指輪をめぐるエピ

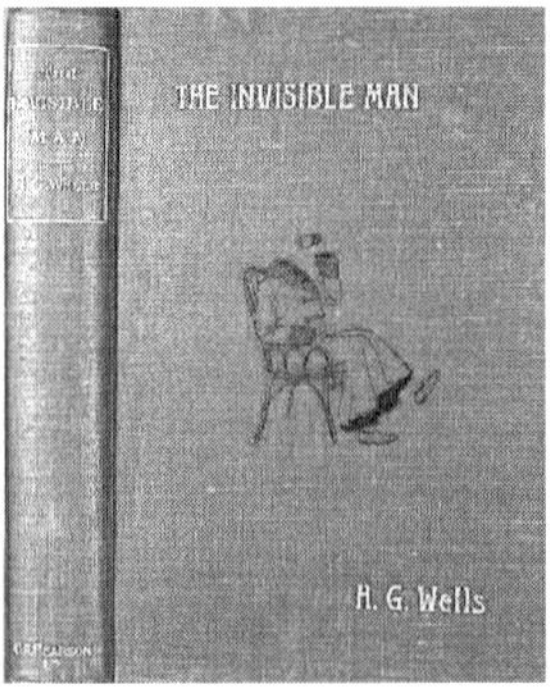

“*The Invisible Man*”（London, Heinemann, C. Arthur Pearson, 1897）初版書影

ソードからの影響だと指摘されている（『古代の中のアーサー王』）。どうやら古典文学の学識を持つ者の手によって、アーサー王伝説の中にプラトン経由で指輪の話が溶け込んだのだ。姿を隠して透明になるというアイデアは、こうして「指輪」や「マント」や「帽子」の形をとってイギリスやヨーロッパの民衆文化に広がり、多くの人が共有する幻想となったのである。

古代や中世のこうした伝承だけでなく、ウェルズとつながる透明生物のアイデアを使った小説の始まりと考えられてきたのは、F・J・オブライエンが書いた「あれは何だったのか？」（一八五九年）だった。アイルランドで生まれてアメリカの南北戦争で亡くなった不遇の作家オブライエンは、「ワンダースミス」のようなロボット物の作家として再評価されているが、透明物小説でも先駆者とみなされている。

「あれは何だったのか？」は、ニューヨークの二十六番街に面した、大商人が亡くなった後に残された屋敷に、二年に渡って続いた幽霊騒動の顛末を扱っている。近所に住んでいた下宿の女主人が、幽霊がいないことを証明するために、下宿人たちを率いて引っ越してくる。怖いながらも夜の番をする下宿人たちの中で、主人公と友人の医師とが、見えない怪物と出会って捕獲に成功する。注射で眠らせてベッドに縛りつけて、ついに衰弱死した透明な死体を埋葬するまでを描いている。透明な怪物が「ふだん何を食べているのかわからない」ので食事を与えられなかった、というのが鍵だった。

他に関連する作品としてよく取りざたされるのは、ウェルズの同時代の作家で、芥川龍之介にも影響を与えたアンブローズ・ビアスの手になる「怪物」（一八九三年）である。山の中で起きたモーガンという男の死に関して、いっしょにいた小説家の友人が証言する。その内容に不可解な点があって、証人が精神の病にかかっていると疑う陪審員もいたのだが、最終的にモーガンが野生動物に襲われたと検死官は結論づけて報告書に署名をする。これで一件落着したはずだった。ところが、検死官が他人に伏せていたモーガン自身の日記が残っていて読者に紹介される。音に聞き取れない種類があるように、色彩にも目で認識できない種類があり、そうした目に見えない存在に襲われたという記述があった。どんなに獰猛な存在を描写するよりも、姿が見えない方が読者の想像を刺激して怖いことをビアスは分かっていたのである。

ところが、『透明人間』の主人公グリフィンは、そうした先例とは大きく異なっている。グリフィンはあくまでも生身の人間で、オブライエンやビアスの小説に出てきたような異世界から訪れる存在ではない。オブライエンの小説では、透明生物が人間であった可能性が高いが、ビアスの方はどうやら怪物のようだ。ウェルズの発想の源となったのは、W・S・ギルバートの「見えないことの危機」（一八七〇年）というユーモア詩であった。妖精から「お金」「健康」「透明になる」の三つの贈物の選択肢を示されたオールド・ピーターという男が、選んだのは透明になることだった。律儀な彼は服を着て歩くのだが、下のズボンだけは身に着けずに歩き回るという下ネタの話だった。しかも変身に妖精が介在している点でウェルズとは異なる。

グリフィンは、ホラーの作家たちが採用する異教の神や妖精や幽霊といった霊的な存在ではないし、サイコサスペンスに出てくる夢遊病や二重人格といった心理的な病に基づく幻想でもない。そして、ギュゲスの指輪や透明マントの場合には、アイテムの力を借りて短時間だけ透明となる一種の「変装」だったが、グリフィンは自分の身体そのものを物理的に透明化して「変身」しているのが、以前の透明怪物との大きな違いなのだ。

## 科学ロマンスの作家として

『透明人間』は当時の読者に、科学的な裏づけを持った新しいタイプの恐怖小説、として受け入れられた。他力本願ともいえる妖精の力や、偶然入手するいつ誰が作ったのかわからない魔法のアイテムが必要なくなった。グリフィンが開発した透明化技術は、一応物理学の理屈に基づいており、ＳＦ小説としての体裁が整っていた。ウェルズが導入したのは、「光の屈折率」「発電機による放射器」「血液の色素を除く薬品」などのもっともらしい疑似科学的な説明や小道具だった。

魔法ではなくて、科学技術のおかげで実現可能かもしれないと読者は想像した。それはネタを教えられながら理解するマジックのようなものでもある。追われたグリフィンが学友のケンプ博士のもとに逃げこんだ時に、「ぼくは透明人間だ。冗談でもなければ、マジックでもない」と自己紹介する。この場合の英語のマジックにはもはや魔法や魔術という中世の意味合いはない。「魔法」ではなくて、トリックが裏にある「手品や奇術」とみなされていた。

魔法についてのウェルズの態度は「奇蹟を起こした男」（一八九八年）や「魔法の店」（一九〇三年）といった短編小説に描かれている。前者はふいに奇蹟の能力を持つことになった男が、能力をもてあまし、牧師の甘言に乗って、善行を施すつもりが、旧約聖書のヨシュアが太陽や月を止めたという話を思い出して、地球の回転を止めたことによって、世界を滅ぼしかけてしまう。そこで、奇蹟を獲得する前に戻してもらうという話だ。奇蹟は存在しなかったかのように、閉じることで終わってしまう。神や予言者以外に奇蹟を行える者はなく、凡人が偉大な才能を持ってもうまく使いこなせずに、災厄を招くだけという教訓として読める。

後者の「魔法の店」もパターンは似ている。「魔法」と「手品」の境界線を探っている短編でもある。父と子が家庭でできるマジックのネタを求めて、ショーウィンドーに飾られた品物に惹かれて、ある店に入る。だが、その店では「純粋魔法」という名前で、どうやら本物の魔法が使われている。子供が欲しがったマジックのネタや兵隊人形そして子猫といった品物がもらった箱に入っている。外に出て気がつくと店はあとかたも無くなっている。束の間の夢だったのかと思う父親だが、手に入れた兵隊人形が自分で動かないかと心配して子供部屋を覗いたりする。しかも品物の代金の請求がいつ来るのかも心配なのだ。どうやら「魔法の店」は、ショーウィンドーで店内へと誘惑する百貨店などの販売戦略への社会風刺として読むのが妥当に思える。それほど奇蹟や念力や魔法は現実味を失っていた。

そんな中でウェルズが採用した「人間が透明になる」つまり「人体を消失させる」とか「(移動の姿が見えずに) 空間移動をする」のは、「イリュージョン」と呼ばれるマジックの王道の技でもある。当然ながらそこにはタネも仕掛けもある。世紀の転換期は、水槽などからの脱出術を極めた偉大なマジシャンであるハリー・フーディーニ(一八七四―一九二六)が活躍した時代だった。フーディーニこそ、コナン・ドイルが巻き込まれた妖精騒動を始め、さまざまな心霊現象のトリックを見破った人物でもある。そもそもアメリカで流行した心霊術のトリックを暴く本に触発されて、マジックの世界へと入ったのであり、魔法や超自然に対する懐疑主義に基づいていた。妖精や心霊現象や魔法といった「超自然現象」は存在しないとみなし、マジックを手品や奇術の意味へと転換させるのに、フーディーニは大きな役割を果たしたのだ(ローレンス・サミュエル『超自然のアメリカ』)。

ファンタジーとして処理することで、超自然現象にも一定の説明がつく。ウェルズの「魔法の店」でも、手品師が帽子から取り出すためのウサギが、主人公を店の外へと連れ出す導きとなったのは、ルイス・キャロルの『不思議の国のアリス』の引用である。しかも、アリスは『透明人間』のさりげないところに出てくる。たとえば、グリフィンはロンドンの下宿で、近所の猫を透明化の実験の最初の生体材料にした。ところが、猫の瞳の奥にある網膜組織だけは透明にならずに残ってしまい光っている。「ただ、二つの細い目だけが、幽霊みたいに空中に浮かんでいた」とグリフィンは説明する。鳴き声だけはするが姿の見えない猫は、近所で怖がられるようになったのだが、これは姿を消すチェシャ猫がヒントになっている。アリスの前でにやにや笑いだけを残して消えたあの猫である。

天使が現実社会に訪れる『すばらしき訪問者』でも、キャロルの名前をあげていたほどなので、ウェルズのファンタジー好きは確かである。数学者であるファンタジー作家に同じ理系として親近感を抱いたのかもしれない。こうした「魔法」や「神秘」や「奇蹟」といった現実にはありえないような現象に、疑似科学的な説明を加えて語るのが、ウェルズSFの特徴となっている。いわばマジシャンのように、タネや仕掛けを考えるわけだ。

ウェルズは、フランスの先輩作家ジュール・ヴェルヌ（一八二八―一九〇五）と比べて、自分の小説がファンタジー寄りだと認めていた。月へ行くのにも、ヴェルヌは『月世界旅行』（一八六五年）で、大砲で打ち上げる砲弾の延長としての宇宙船を想像していたが、ウェルズは『月世界最初の人間』（一九〇一年）で、重力を遮断することで飛ぶという「反重力」のアイデアを披露した。初版本の扉絵には、何もつけずに空に浮かび上がっていく二人の男が描かれていて、まるで空中浮遊をしているようである。これは妖精の粉を振りかけるといった説明だけで、人間が羽や機械を使わずに空を飛ぶ『ピーター・パン』のようなファンタジーの飛行の説明に似ているのだ。もっとも、磁力の反発を利用するリニア・モーターの浮遊理論は、この反重力装置とどこかつながっているし、ウェルズが偏愛した『ガリヴァー旅行記』のラピュタという浮島のイメージに由来する。

「月へ行く」という同じ主題に対して、ヴェルヌが現実的な道具やアイデアでの実現を描いたのに対して、ウェルズは重力の性質そのものに目を向けて、そこから突拍子もないアイデアをひねり出す。科学技術によって現実の問題の解決をはかるヴェルヌに対して、ペシミズムに彩られたウェルズは途方もない空想をする印象を与えるが、その理由はこの原理的なレヴェルへと遡る志向のせいだ。そこで「身体の透明化」という昔から存在する夢に、根底を問いかける態度で向かったのである。

ウェルズは、水中生物からガラスやダイヤモンドまでの屈折率といった光学や、振動や波長といった電磁気学、透明な生物や細胞の仕組みや色素といった生物学などの知識を総動員して説明を重ねることで、物語に必要な答えを人間の身体の物質的なあり方から探っていく。そして「人間はガラス以上に透明で、単に色素が付着しているに過ぎない」という大胆な結論に達し、色素を取り除く方法しだいで、誰でも透明人間となる可能性を持つと考える。ウェルズはそれをマジックのタネと同じだとみなして、透明人間が存在する根拠とするのだ。

## 空想のためのリアリズム

発想がファンタジーと同じだったとしても、科学的な裏づけで語り、起きた出来事をもっともらしく見せるためには、リアルな設定が必要となる。ウェルズの知人で、『闇の奥』で有名なコンラッドは、『透明人間』の感想を記したウェルズ宛の一八九八年十二月の手紙で、「空想的なことのリアリズム主義者」と呼んでいた。コンラッドをはじめ、ヘンリー・ジェイムズなど一般の文学の作家たちも、ウェルズのリアリズム作家としての技量を認めていたのである。

『透明人間』は、雪まじりの二月の寒村アイピングに主人公が訪れるところから始まった。この村はイギリス南部のウエスト・サセックス州に実在している。もちろん細部の設定は架空だが、この近くでウェルズは教師をしていた体験があり、土地勘を十分に持っていたせいで、描写は克明である。

二月のはじめ、身も凍るような寒い日であった。肌を刺す風と、その冬最後の大雪となった吹雪をついて、見知らぬ男が、丘を越えてやってきた。ブランブルハースト鉄道駅から歩いてきたとみえて、厚い手袋の手に、黒革の小さなカバンを提げていた。頭から足の先きまで、防寒具でしっかり包み、ソフト帽のつばを深く下げているので、外気にさらした肌といえば、寒さに赤く染まった鼻の先端だけである。肩から胸にかけて、粉雪が白くこ

びりつき、手にした荷物も、白い羽飾りがおおっている。（以下宇野利泰訳）

主人公グリフィンがたどり着いた村は、鉄道それもどうやら鉄道馬車が近くに通ったせいで寂れているし、宿の名前は「駅馬車亭」と暗示的である。外套にくるまった男はこの時期のアイピングには珍客だった。夏に画家たちが避暑に訪れるくらいの鄙《ひな》びた場所である（ヒッチコック監督のホラー映画の『サイコ』が新道の開通で衰退した旧道のドライブインを舞台にしたのをどこか連想させる）。グリフィンの名前が判明するのはずっと後になるのだが、それは透明だという彼の正体が暴露されるのと連動している。

　グリフィンは暖炉にあたりながらも、帽子すら脱ごうとしない。もしも夏ならば、全身を服で覆い、顔には包帯を巻いたグリフィンが滞在するのは難しかった。包帯だらけで素顔を見せないでいると、何かひどい火傷を負ったかわいそうな人間という同情心だけでなく、好奇の目が向けられ、最悪の場合は不治の病の持ち主という偏見にさらされて、村から排除されていたかもしれない。実際に、滞在が長くなって出歩くと、子供たちが後ろをついてきて、「子取り鬼（ブギー・マン）」とはやし立てたり歌を歌うようになるのだ。そして、グリフィンの側にもこうした田舎の人々を軽蔑する態度があるのだ。

　名前も素性もわからない男に不信感を持った宿屋の女主人を黙らせ、上客だと思わせたのは、前払いに使ったソブリン金貨二枚の力だった。その後も資金がショートするまで支払うのだが、底がつくと今度は仕送りがあるから待ってくれと言い訳を続ける。催促が重なるとたまらずに、グリフィンは牧師館から金を盗みだして調達するのだ。そのせいで夜中に椅子などの家具が動く「騒がしい霊（ポルターガイスト）」現象が起きるが、犯人はもちろんグリフィンだった。しかも、盗みはこれが初めてではなかった。むしろ常習犯といえるだろう。

研究に埋没して一般的な労働を嫌がるグリフィンが手に入れた研究資金は、父親が友人から預かっていた金を盗んだのがはじまりで、透明人間になった後には店などから奪った金で、「駅馬車亭」の滞在費を工面していた。透明人間の利点は犯罪をこっそりと行えることだが、その一方でアリバイ工作をしなければ、すべての犯罪の場合と同じように容疑を逃れるのはむずかしい。部屋に踏み込んだ宿屋の主人夫婦は、誰もいない室内に脱ぎ捨てた服があることを発見して驚く。一体裸でどこへ出かけたのかが謎とみなされる。ベッドの冷たさなどの細かい点がチェックされる。同じ部屋に透明人間がいてもわからない点がサスペンスだし、事情がわかっている読者には主人夫婦の行動がどこか滑稽でさえある。透明人間が暴れてシーツや服が飛び散ったのに驚いて、宿屋の主人夫婦は逃げ出すのだが、これはまさに「騒がしい霊」を思わせる。そして、幽霊がとりついた屋敷となった「駅馬車亭」から、透明人間騒動が波状に広がっていくにつれて、『透明人間』はイギリス社会のさまざまな断面を明らかにするのだ。

# 2　衝突する透明人間

## 日常生活の喜劇的混乱

『透明人間』の持つ喜劇性は、何よりもグリフィンが透明化から戻す方法を確立しないまま一方的に透明になってしまった点にある。グリフィンは透明となる人体実験を自分に対して行ったが、それは他人を犠牲にできないという崇高な意図からではなくて、実験の秘訣を他人から守り、透明になったことで得られる特権を独占するためだった。そもそも、グリフィンは、自分のアイデアを盗まれると心配して、学者共同体を信用せずに、単独で研究を行っていたのだ。その秘密主義のせいで、彼の窮地を助けてくれる人物はどこにもいない。まさに自己責任というわけだ。

グリフィンがアイピングの寒村の宿屋にこもって実験を繰り返したのは、自分の身体を元にもどす方法を発見するためだった。これに成功しないと、彼はいつまでも社会から逸脱したままなのだ。指輪やマントのせいならば、身体からはずすだけで効果は終了するはずだったが、不可逆の変化が起きていた。実験の半ばの段階で、村人の好奇の目を浴び、金も尽きたので調達するための犯罪も露呈して、彼はとうとう自らの正体を公衆の面前にばらすのだ。つけ鼻を外すと宿の女主人に投げつけた。

つづいて男は、眼鏡をはずした。酒場の男たちも、ひとり残らず息を呑んだ。男は帽子を脱ぎ、あらあらしい手付きで、頬髭と包帯をむしりとった。それにはいくらか手間がかかった。なにがその下からあらわれるか、みつめている酒場の男たちを恐ろしい予感がおそった。

「やめてくれ!」だれかがさけんだ。しかし、ついに、包帯がはずれた。(第七章)

その下には何もなかったのだ。空虚な透明人間のせいで、アイピングの村はパニックに陥る。グリフィンと村人たちとが衝突し、その影響が外へと広がっていく。

十九世紀末の大きな転換期にあって、『偶然の車輪』の自転車事故のような衝突があちこちで起きていた。それが戦争のような悲劇からスラップスティックな笑いまでを生み出す。平凡な日常生活に、新奇な発明品やアイデアを投げ込み、それが引き起こす騒動を記述することが、ウェルズが得意とした手法であった。それは「科学ロマンス」というよりもシミュレーション小説なのである。

ウェルズは二十世紀に入ると、SF小説から社会小説へと軸足を変えていくのだが、科学的な変化が日常化して、ことさら未来を設定しなくても物語が成立できると思えたせいである。

結果として日常生活の常識の範囲で解釈できる話となり、ウェルズお得意の逸脱がなくなってしまう。アイピングでの村の騒動も、五月の「聖霊降臨日」の翌日の休日でお祭りムードになっている時に、聖霊ならぬ透明人間が村の中を暴れまわるという設定にしている。こういう形で、社会のパニック状況をどこか喜劇的に描くのが、ウェルズの持ち味となっていた。

アイピングという村に透明人間グリフィンが放り込まれると、玉突き的に周囲に混乱が広がっていく。一階がパブになっている宿屋から騒動は始まり、村のあちこちへと拡大していく。そこにグリフィンが部屋に置いていた三冊の実験日誌を取り返すように命令されたホームレスを巻きこんだ騒動となる。確かに主人公はグリフィンだが、彼の一人称の視点で描かれているわけではなくて、雑貨屋や時計屋や牧師や医者などさまざまな立場の人間たちの間にグリフィンは置かれているのだ。ウェルズが演劇的な手法を導入したことで作家としての技量を増したとして、荒俣宏は高く評価している（ハヤカワ文庫解説『透明人間』――転期の小説」）。

デビューした当時、ウェルズは、ディケンズやサッカレーといった十九世紀半ばに活躍した喜劇的な作品を得意とした作家の後継者とみなされていた。たとえば、グリフィンの正体をめぐって近所の雑貨屋などが議論をするときに人々が集まるのをこう描写する。「議会政治制度を産んだアングロ・サクソン民族の真髄が、はからずもここに発揮されることになって、議論百出の状態だったが、具体的な結論に到達することなくして終わった」というように皮肉たっぷりなのだ。そして喜劇的な手法は、客観的に主人公の状況を語ろうとする演劇的なやり方とつながっていた。グリフィンの実験三昧の過去も、あくまでも他人であるケンプ博士に告白することによって明らかにされていく。

グリフィンに関心を持つ人々が、玉ねぎの皮をむくようにグリフィンの包帯の内側を暴いていく。アイピングの村の医師ガスは、自分よりも充実した実験器具を持つグリフィンに嫉妬を感じて、正体を知ろうとする。村に看護婦を誘致するという嘆願書の署名を求めるという口実のもとに室内に入っていく。そこでの追及は避けられてしまったのでかえって好奇心が募り、グリフィンがいない隙に、今度は牧師と一緒に部屋に入って、日誌と書かれた三冊のノートの中身を読もうとした。ところが、田舎の医師は科学的な知識を持っていないし、牧師はギリシャ語を読む能力もない。互いにもったいぶって知識人としての体面を取り繕うところが喜劇的である。田舎の名士たちの教養の底上げぶりもわかるし、看護婦不足など医療をめぐる社会問題もさりげなく示されている。こうした複数のキャラクターによって事件を描き出す演劇的手法が、物語の立体化に役に立ったのだ。

しかもウェルズが、写真的リアリズムを目指したおかげで、あちこちの場面は視覚化しやすい設定になっていた。後に映画に影響を与え、映画から影響を受けたウェルズ作品の特徴がそこにはある。映画の誕生の年に『タイムマシン』でデビューしたウェルズと映画の関係を綿密に論じたキース・ウィリアムズは、「視覚的思索」としてこの特徴をとらえた(『ウェルズ・近代性・映画』)。そして、ジェイムズ・ホエール監督の『透明人間』(一九三三年)では、見えない者から他を見る視点が、そのまま映画のキャメラの視点となっているのだ、と指摘する。映画のように、さまざまな視点から物事を眺めるというウェルズの小説が持つ可能性はそこにあった。確かに『透明人間』には映像化したくなる場面がたくさん出てくるのだ。たとえば、アイピングの村で透明人間騒動を起きると、村人たちは自宅にこもってしまった。誰もいなくなった通りをグリフィンは暴れまわる。

透明人間はしばらくのあいだ、駅馬車旅館の窓ガラスを、一枚残さずにたたき割って楽しんでいたが、つぎには、グリブル夫人の客間の窓へ、街灯のランプを投げこんだ。アダーディーン街道の電信線が、ヒギンズの小屋の先で切断されていたが、それもまた、透明人間の仕業だったにちがいない。（第十二章）

この姿の見えない破壊者による行動は、読者の頭のなかで映像化されることになる。とりわけ、電信線の切断という痕跡から、目に見えない暴力が通過したことが明らかになるのだ。

そして、グリフィンを匿ったように見えて密かに警察に通報したケンプ博士が、戻ってきたグリフィンに襲われる。博士は隣の家に助けを求めるのだが、それを察知した隣家の主人は扉を閉めると「透明人間に追われておるんなら、お気の毒ではあるが、お入れするわけにはいかんのだ」と拒絶する。窓ガラスにケンプ博士のひきつった顔がアップになる。こうした細部を描くことで、社会的パニックの中で、それぞれの人物の利己的な姿や価値観を浮かび上がらせる。つまり、透明人間騒動で正体があらわになるのは、グリフィンだけではない。

## 改造された身体

ロンドンの下宿で透明になったグリフィンが最初に衝突したのは、周囲の環境だった。自分の手足が見えないので、階段を下りたりドアを開けたりするのに困難を感じるのだ。じきに慣れたと述べるが、このあたりの身体に関するウェルズの想像は、生物学の教科書を書いただけあって、きわめて具体的である。そこではウサギ、カエル、ツノザメといった生物に対する外観から骨格まで、一皮ずつ剥ぐような解剖学的な知見が述べられ、相互に比較され、さらに進化の過程についての記述もあった。これはそのまま社会や人間を描く時のウェルズの視点や筆致がどこにあるのかを告げている。描く対象として透明人間も、こうした生物と同じ位相にあるのだ。

グリフィンは身体の動きにじきに慣れると、ロンドン随一の繁華街であるオックスフォード通りに出て歩くことになった。人ごみにまぎれるのは姿を隠すのに都合がよいのだが、厄介なのは、歩行者たちは透明であるグリフィンを避けてくれないのだ。群衆といっしょに歩こうとするが、馬車の梶棒や走ってくる人間にぶつかったりする。透明だからこそ、人々と同じ空間にいても正体が露呈しないはずが、いっしょにいる状況を維持するのが難しいのだ。足跡はつくし、泥だらけになる。全裸のままで群衆と歩いている透明人間の姿が、都会の中での孤独の表現となる。そして四年間の研究に打ち込んだグリフィンの孤独を浮かび上がらせる。彼は透明人間になったことで、解放的な気分になり、いたずらや犯罪を行うが、その優位性はすぐに失われてしまう。

グリフィンは他人に見えるという古い身体を否定して新しい身体へと改造に成功する。グリフィンを駆り立てたのは、自分が時代遅れになっていくことへの不安である。自分が研究者としても遅れをとっていくことへの焦りでもある。ロンドン大学で同級生だったケンプは医者として成功していて、酒もたばこも好きなだけやれる裕福な生活をしている。しかも『ネイチャー』誌に載せるための論文を執筆中なのだ。それに対して、グリフィンは野心を抱きながらも文字通りに服もない裸一貫で財布もない無一文だった。

同じ大学に学びながらも生じた格差を乗り越えて満足を得るには、世間をアッと言わせる発明で、富や名声や権力を手に入れることだろう。まさにグリフィン自身こそが、ニーチェ流の「ルサンチマン」に取りつかれているのだ。社会から振り向かれることもない透明な存在である。しかもグリフィンは生まれつき「色素欠乏」という病を抱えた男でもあった。昔なじみに思えた通りすがりの娘に声をかけることもできないように、透明人間に自己改造しても、かえって疎外感は強まっていくのだ。

しかも、「都会の孤独を好む頭脳労働者」と「田舎の素朴だが好奇心に満ちた住民」との対比が描き出されている。透明人間であることを自分から暴露した後、グリフィンがいらだつのは、知的な自分が裸体のままであり、田舎の無教養と考える人々と同化できない点にある。それは着込んだ服のように彼らの粗野な言動から防護するものがないからだ。しかもそれでいて、グリフィンは都会で成功しているわけでも無い。『透明人間』は「マッド・サイエンティスト」の形を借りて、現在にも通じる、知的な訓練を受けながらも世に受け入れられない「高学歴ワーキングプアー」が生まれてくる様子を描いている。そして自分の計画を阻止する想定外の出来事との衝突から、放火や殺人に至る暴力沙汰が起きてくるのだ。

## 視覚をめぐるパラドックス

では、透明人間はそれ以前の人間と比べて何が進化したのだろう。私たちは「見えなくなる」というグリフィンの見かけや様子の問題と理解しがちだが、透明になったことで、グリフィンが通常と思っている人間とは感覚の組み換えが起きて、それが数々の衝突の原因となった。透明になった後で、目に見えない人は音で気配を感じるので、視覚優先の通常の人間とは異なる察知能力を恐れて、グリフィンは近づかない。

確かにグリフィンは衝突による暴発から、盗みや殺人を犯す犯罪者となっていく。これはスティーヴンソンの『ジキル博士とハイド氏』（一八八六年）において、薬を飲むだけで二重人格の両面を味わうものとは異なる。世間では善良とみなされるジキル博士がハイド氏という

「悪」の面に傾斜していったのに対して、グリフィンは善悪の区別ができずに、自分の欲望のままに突っ走った結果、騒動を引き起こすのだ。

しかも、グリフィンの変化は不可逆であり、「グロテスクなロマンス」と副題のついた進化論的な喜劇と合致する。「たしかに、人間が透明になるなんて、グロテスクな話だ」とグリフィンはケンプ博士に説明する。そして「なにか食べたら、未消化物が腹いっぱいになって、見るもグロテスクなものが出現する」とも言う。ここでは、「グロテスクなもの」とは、未消化な部分であり、審美的にも相容れないものを指す。透明人間という存在を社会が取り込めないことこそが、彼をグロテスクに見せているのだ。

この関係は後に「盲人の国」（一九〇四年）で描き出される。第四次元という違った世界を舞台にした物語が「科学ロマンス」の特徴だが、「盲人の国」という価値観の異なる世界の出来事を描く。しかも「盲人の国へ行けば片目の者でも王になれる」という諺が間違っていることを示す話でもあった。アンデスの山中にあるという「盲人の国」へと向かった主人公は、王になれると信じていた。「見える／見えない」という身体の要素ではなくて、視覚部分が鍵となるのだが、主人公は目が不自由なわけではなく、有利だったはずなのが、かえって天から落ちてきたとして同情されてしまい、逆の扱いをうける。優位に立てないままなので、最後には恋人と一緒になることもあきらめて、その国を後にする。つまり、感覚の違いが武器とはならず、『透明人間』と同じくマイノリティのままだったのだ。

しかも至る所で感覚の変容が起きていて、それぞれが属している時間にも違いが出てくる。それを「新加速剤」（一九〇一年）では、時間を加速化するという形で解決してみせる。自己改造のためには、薬物の助けを借りる考えが背後にある。グリフィンが色素を落とすために、まずはストリキニーネを飲んだように、身体を変容させて、時代に対応するという考えなのだ。語り手の友人であるジバーン教授は、「無気力な現代人を、ストレスの多い時代に適応させるための万能神経刺激剤」の研究をしていた。その派生物として、時間を加速する成分を発見したのだ。つまり、時間を限りなく分節化し、引き延ばして使うことになる。それは圧倒的優位をもたらすが、同時に他人より早く年をとってしまうことにもなる。だが、仕事や利益のためには、自分の身体をすり減らすことも厭わないのが、「現代人」なのだ。さすがに「加速剤」と「減速剤」が開発されて同時に発売されることになっている。言い換えると、別の速度で動いているものが同じ社会に同居していて、それが優劣を分けるという考えになっていた。

こうした新しい時代の感覚の変容は、透明人間や加速剤といった「グロテスク」な形で出現する。だがそれを適切に取り扱う制御技術は、生み出す技術とはまた別なのだ。透明になった体をうまく取り扱うルールや倫理ができる前には、透明人間は犯罪者や不適応者としてしか扱われない。自転車に乗ることが身体の感覚を揺さぶって、新しいパラダイムへと向かわせたように、新しい技術を乗りこなす、あるいは変容する身体を乗りこなすことが必要となってくる。そうした社会のルールができるまでは、透明人間は相容れないのだ。アイピングの村や、ポート・バードックの町で起きた透明人間狩りは、社会のなかに居場所を持てない者、定義のできない者への反発から生じている。そこで働いているのは隠れているものを「可視化」する動きである。

## 透明人間を可視化する

グリフィンは透明になったはずなのに、包帯にまみれた姿は、社会から見るとかえって「徴候的」に目だってしまうのは一種の逆説である。グリフィンは部屋に閉じこもり、あらかじめ宿屋に送っておいた実験器具を使って、密かに実験を始める。彼は「マッド・サイエンティスト」の一員であり、「ファウスト博士の系譜」につらなる。しかも、自己改造で怪物を作り出したことでフランケンシュタイン博士の末裔というわけだ。ただし、視覚的に透明であっても、グリフィンはこの世に存在しないわけではない。扉の向こうにいるのだ。世間に扉を閉ざしているようでいて、逆に世間からすると扉の向こうに閉じ込めている。どこまでもこの点が枷となっている。

この作品の英語のタイトルを訳すと「見えない人間」となる。新世代として透明な人間を生み出したわけではなく、すでに実在する人間を透明化する話だった。当時の新しい科学技術で、ウェルズの透明化の発想に大きく寄与したのは、一八九五年にドイツの科学者レントゲンによる「X線」の発見だった。じつは『透明人間』に「レントゲンの振動」という表現が出てくる。

物理学の前提が大きく変わっていく時代だった。レントゲンによる手や物体を透写した写真は、心霊写真とともにこの時代の注目の的だった。そして心霊写真のように見えないものが映ることが、透明という存在への関心を高めたのだ（ジョン・ハーヴェイ『心霊写真』）。

ＳＦ小説としてウェルズが採用したのは、リアリズムの語りだったが、その前提となる物質観がゆらいでいた。進化論のインパクトによって、生物の姿は、聖書の記述のように種の誕生からずっと不変なものと理解されなくなってきた。そして十九世紀の熱力学や電磁気学の進展によって、物質を原始的な「アトム」とする見方が揺らぎ、粒子となり、しだいに波つまり振動であるという認識が高まっていった。マックスウェルが電気と磁気を統合したように、光が同時に粒子でもあり波でもあるというように、物質観が変化していく。ウェルズはそうした流れを受けとめていた。

のちに『自伝の試み』（一九三四年）で、アインシュタインが序文を寄せたドイツの物理学者マックス・プランクの『科学はどこへ行くのか』を読んで感心する箇所がある。その本の第一章で、プランクは一八八〇年代の熱力学を中心とした変化を回想している。マックス・プランクこそ、アインシュタインとともに、相対性理論という新しい領域を切り開いた学者だった。X線の言及もある透明人間の騒動は、自分たちの周辺の物質観が変化することへの一般的な文化の対応だった。しかも当時はX線以外に「Z線」のような設定で、身体や心の内部を覗きこむという興行があちこちで開かれていた（フレッド・ネイディス『ワンダー・ショー』）。

感覚のパラダイム・シフトを促すように、物質観が推移する時代に描かれた『透明人間』では、エーテルの振動という今では荒唐無稽な理論が持ちだされる。だが、レントゲン線つまりX線と同じく理解されるこの振動は両義的に働いている。一方ではグリフィンを透明にするための仕掛けとして機能している。振動によって物質の不安定化を図って、見えなくするわけだ。だが、他方では、レントゲンが手の中の骨を透けて見せるように、「透明＝見えない存在」を捕捉する能力を表している。つまり、振動によって見えなくなるのなら、同じように振動によって見えるようになるという理屈がそこにある。

『透明人間』は透明だった男を不透明につまり可視化する物語である。最初名前もわからない「X」という状態の人間が、周囲の人々がさまざまなレッテルを貼り、騒動や衝突のなかで可視化していくのがストーリーの中心となっている。それにつれて、彼の過去や現在の欲望が赤裸々になっていく。透明人間の化けの皮がはがれて、グリフィンという人間の過去や心情が明らかになることで、内実が見えてくるのだ。それは小説という形式が情報を伝達する点において、何よりもまず第一義的に視覚に頼るメディアであることと関係する。文字はもちろんイラストも、映像も、見えない人間を描くのに利用され、そして見えないはずのグリフィンというキャラクターがそこにいることを私たちは読者として信じてしまう。

これを逆手にとって、小説のなかに隠れている透明人間を見事に描いたのが、クリストファー・プリーストの『魔法』（一九八四年）だった。普通の三角関係の話に見えていたのに、きわめて意外なところに透明人間が隠れていたことに気づかされる。それは私たちがふつう小説を視覚的に読んでいくことが持つ意味合いを問いかけているのだ。ウェルズに多大な影響を受けたプリーストは『透明人間』の設定を受けとめ、もっと根底的に考えた作品に仕上げたのだ。

透明人間グリフィンの姿は見えなくても、他人の前に出るときには包帯から帽子まで隙間のない服装をしているので、他人にはどこか過剰な印象を与える。そして皮肉にも科学技術を使って進化の先端にいるはずなのに、猿同然の裸という「退化した」姿なのだ。すべてを脱いで裸にならないと透明人間としての利点はない。猫は透明になっても毛皮を持つが、人間は皮膚だけなので、寒さのせいで常時くしゃみをしている。呼吸や咳が居場所を告げてしまうのは、透明人間にとっての弱点となる。煙草を吸えばすぐに肺のあたりで煙が回ってばれるし、食事も消化されるまでは胃のあたりにとどまってしまう。空腹状態で行動しないといけないのだ。雨や霧によって輪郭線が浮かびあがってくるので日中は歩けなく、気候の変化にも弱い。グリグリフィンが最後に目指したのはヨーロッパの南方へと行ける港だったが、それも当然である。

大学も出て将来をそれなりに期待されていたグリフィンという男が、社会から脱落し失踪し蒸発した悲劇として読める。研究の為に盗みや放火や他人を傷つけることが平気な人間となっていく。それは、時代を先走った「マッド・サイエンティスト」の悲劇に読めるが、アイピングの村で行なった普通の人間に戻るための実験は、資金不足と村人たちの介入と追跡で阻止された。ようやく透明から戻り、社会に復帰することが許されたのは、暴力的な追いかけっこの結果の死と引き換えだった。透明人間は、目に見えない未知の状態から、グリフィンという死体となることで、ようやく社会の目にきちんと捕捉されるようになる。最後に毛布に包まれた死体こそが、この孤独な男の最後にたどり着いた姿なのだ。グリフィンが、父親の葬式を見届けたあとで自分が墓に落ち込む悪夢を見たと告白する場面があるが、それはこの最終的な姿の予兆にもなっていた。どうやら人類の進化において、透明人間化は早すぎたのである。

## 3　監視する透明人間たち

### テロリストと恐怖の帝国

グリフィンは、ケンプ博士と会ったときに、透明人間による恐怖の帝国を作り上げられる、と豪語する。「逃げるに便利、近づくに便利である」とする。見えない姿でならば、他人に知られずに要人に近づいて暗殺もできるというのだ。そして、アイピングの村の人々の間にパニックが広がったのも、正体不明の「X」という男に、病人だけでなく、テロリストや、まだら人間などのレッテルを貼ったせいである。学者から爆弾を抱えた無政府主義者や異人種までさまざまな連想が付与された。それも透明な相手だから可能なのだ。

ウェルズは無政府主義に関心があった。「盗まれた細菌（バチルス）」（一八九四年）と「ダイヤモンド製造者」（一八九四年）という短編で扱っている。とりわけ前者は、無政府主義者がコレラ菌を細菌学者から盗みだして、水道に投げ入れようと考える。学者に追いつかれると飲んでしまい、自らを細菌爆弾にしようと試みる。これはまさに目に見えない脅威を市中にばらまく話であり、それを確認できるのは顕微鏡だけなのだ。実際には、無政府主義者が盗んだのは体が青くなるという病原菌でしかなかった。しかし「爆弾」よりも効果的だとうそぶく台詞がある。

シオニストでもあったマックス・ノルダウは、『退化論』（一八九二年）のなかで、退化した人間は、「犯罪者や売春婦や狂人ばかりでなく、不健全な衝動を暗殺者のナイフやダイナマイト使用者の爆弾で満足する連中だ」と指摘していた。そして無政府主義を「デカダンス、象徴主義、唯美主義」といった芸術傾向と同一視していたのだ（オドネーラ『爆破された文学』）。ノーベルが工事の効率のために発明した「ダイナマイト」は扱いやすさから、テロの道具となったので、ダイナマイト使用者はそのままテロリストを指すことになった。暗殺や破壊の道具となったのである。

そのため、十九世紀から二十世紀の転換期にかけて無政府主義者やテロリズムを扱った小説があふれることになる。世紀の転換点には、ダイナマイト爆弾によるテロリストを描く作品がたくさん登場する。『ジキル博士とハイド氏』を書いたスティーヴンソンは『続・ニュー・アラビアンナイト　ダイナマイト使用者』（一八八五年）という短編集を出していた。また、ウェルズの友人のコンラッドが描いた『密偵』（一九〇七年）は、他ならないウェルズにささげられている。ロンドンに暮らす無政府主義者を主人公に、やはり爆弾をめぐる悲劇を描いている。グリフィンが密室の中で密かに研究をしていたようすは、室内で爆弾を作る無政府主義者と重なるのだ。ウェルズの小説を自分なりに書き換えていくのが、コンラッドが採った戦略の一つだった。

だが、『透明人間』で、グリフィンが考えた恐怖の帝国を破壊したのは、ケンプ博士の知識人としての自覚と、自分の帝国は「ヴィクトリア女王の領地ではない」と宣言するグリフィンへのナショナリズム的な対抗意識からだった。しかも、暗号で書かれていて他人には判読が難しい実験のプロセスをグリフィンが書き記した日誌は、ポート・ストウの町はずれにある宿屋の主人がこっそりと持っている。当然ながら彼はそれを解読できない。近所から後ろ指を指されないように、規律正しい生活をしながら、夜になると秘密のノートを広げて、いつか自分が謎を解き、透明人間となって世界を征服する夢をみるだけなのだ。

結局自滅してしまったグリフィンの代りに、この小説の空間で有効に働いたのは、多くの人々が作り出す防衛のネットワークだった。それは噂や恐怖が作り出すネットワークでもあり、実はグリフィンが恐怖の帝国のために利用しようと考えた仕組みそのものでもあった。ギュスターヴ・ル・ボンが『群衆心理』（一八九五年）のなかで、個性ではなくて、集団としての人間を捉えようとした時代らしく、他人の恐怖が模倣し伝染することで、多くの人が透明人間に対する恐怖を感じることになる。透明人間がいったい何人いるのか不明な段階では、身近に危険を感じて、ドアを閉めて家のなかに閉じこもるという防衛をせざるをえない。実際には霧や雨や雪や泥によって、すぐに正体がばれてしまうのだし、全裸では有効打が打てないことも多いのだが、恐怖心が基盤にあるのでうまくいくはずだった。ところが、多くの人々による監視の目が、透明人間の方に向いてしまうことになる。犬を使ったりするさまざまな手段によってウサギ狩りのように、グリフィンを追い詰めてしまうのだ。そう考えると「アイピング」という寒村に、「アイ（私＝目）」という音が入っているのも偶然とは思えなくなってくる。医師、牧師、警察といった人々が、社会のなかに透明になって隠れている存在をあぶりだしていく。それは無政府主義者や外国のスパイをあぶりだすシステムでもあった。

## ビッグ・ブラザーが見ている

こうした見えない監視網が出来上がることを描いている『透明人間』が提起した問題系を受けとめた重要な作品が、ジョージ・オーウェルの『一九八四年』（一九四九年）だろう。オーウェルは楽天的なユートピア像の持ち主として痛烈なウェルズ批判をしたことで知られる。それだけに、ウェルズ死後に発表した『一九八四年』で、乗り越えを目指したと考えることができる。真理省の記録局のウィンストン・スミスは、歴史を改竄してフィクションのように加工することを仕事にしている。失脚した者がいれば、以前の記録から削除したり書き換えるのだ。

この小説では「テレスクリーン」がいたるところにあり、それは情報源でありながら、同時

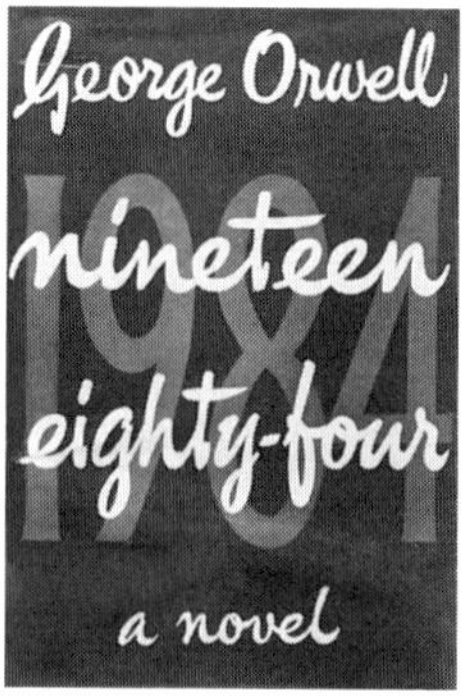


George Orwell “*Nineteen Eighty-Four*” (London, Secker & Warburg, 1949)
初版書影

に監視する装置でもあった。主人公をつける女性など、いろいろな監視の存在が描かれてもいる。それは現在ヨーロッパの三分の一以上の監視カメラが集中するというイギリスの状況につながるのだ。遍在する監視と密告のシステムが張り巡らされている。そこでは寒村に逃れてグリフィンが密かな実験などできそうもない。つまり、現在では成立が不可能な話に思えてくるのだ。それで地下やさまざまなところに「テロリスト」が眠っていて、それを暴く行為は続いている。『透明人間』が一〇〇年以上前の話と思えないのは、『一九八四年』の全体主義社会の重苦しさを通過した後でも、グリフィンを追い詰める「人間狩り」のやり方は、スポーツのような爽快さで割り切れないものがある。

『一九八四年』のスミスは、「党員」でありながら、「プロレ」と交わることで、少しずつ疑問を持つようになっていく。そこにはスターリン時代のソ連やナチス・ドイツさらにはイギリス自身の官僚主義と監視体制が反映していた。ＢＢＣの放送局に実在する部屋の番号から採ったとされる「１０１号室」で、スミスは同僚で監視役だったオブライエンから、精神を支配すればすべてが支配できると聞かされる。

われわれは精神を支配しているから、物質を支配しているのだ。現実は頭蓋の内部にある。君も徐々に分ってくるだろう、ウィンストン。われわれに出来ないことは何ひとつない。不可視にだってなれるし、空中浮遊もできる——何だって出来るのだ。（高橋和久訳）

党＝ユーラシアという全体のシステムの維持のために、監視は強化され、しかも過去や不都合な真実は書き換えとなる。『一九八四年』には「正しい歴史や真実」はどこにもなくて、後から訂正し捏造されるという仕組みを浮かびあがらせている。

そしてテロリストになるかもしれないスミスを、「ブラザー同盟」という餌をちらつかせてあぶりだすのだ。処刑か精神改造がそこに待っている。じつは、『透明人間』も、グリフィンというひょっとすると不平不満からテロリストになったかもしれない男を、あぶりだして始末する物語となっている。しかも、実現する資金も装置も持たない宿屋の主人の手に秘密のレシピがあったとしても、読解不能なので宝の持ち腐れである。それによって、平和が維持されることになる。

ウェルズの『透明人間』は、「新加速剤」のようにあくまでも自己改造の物語だった。進歩ではなかったかもしれないが、身体の進化を加速させたともいえる。それは『モロー博士の島』のように他人に向く場合とは異なる。けれども、他人を自分に都合よく改造するのならば、その時には何が起きるのかについてのシミュレーションをグリフィンは行なったのだ。しかも周囲から見えなくなるというのは、敵意や悪意が見えない形で潜んでいる社会を想像させる

映画 “*The Invisible Man*”（邦題『透明人間』／1933／Universal Pictures／アメリカ／70分）のポスター

のだ。では、そうした敵意や羨望や嫉妬が、死角ともいえる思いもかけない彼方から地球にやってきたらどうなるのか。それを描いたのが『宇宙戦争』というウェルズの代表作となる。

〈扱った作品〉

引用の翻訳は宇野利泰訳（ハヤカワ文庫、一九七八年）と橋本槇矩訳（岩波文庫、一九九二年）を、原文はPatrick Parrinder (ed) *The Invisible Man* (Penguin Books, 2005) を参照した。

F・J・オブライエン『不思議屋／ダイヤモンドのレンズ』南條竹則訳（光文社古典新訳文庫、二〇一四年）

クリストファー・プリースト『魔法』古沢嘉通訳（ハヤカワ文庫FT、二〇〇五年）

ジョゼフ・コンラッド『密偵』土岐恒二訳（岩波文庫、一九九〇年）

ジョージ・オーウェル『一九八四年』高橋和久訳（ハヤカワepi文庫、二〇〇九年）

# 第4章
# 外からの侵略者と『宇宙戦争』

**【『宇宙戦争』あらすじ】**

火星での天体現象を観測して数年経ち、宇宙船が流れ星となって地球に到達する。ロンドン郊外に墜落した物体から、火星人が攻撃し始める。そして見物客たちを皆殺しにしてしまう。文筆で生活を立てている主人公は妻を逃がすと、再びもどり、様子をうかがう。タコ型の火星人たちは三本足の殺戮機械を運転しながら、ロンドンに向かって侵攻していくのだ。その途中で副牧師や兵士と出会いながら、彼らがこの異常事態に対処できないことを悟る。他方、主人公の医学生の弟はロンドン市内で混乱を体験し、パニック状態のなかで市外へと逃げ出すのだ。火星人の攻撃がやんだのは、死滅したせいであり、それは地球の土中に含まれるウィルスのせいだとされている。地球こそが外部からの侵略者を撃退したといえるのだ。だが、主人公は戦争後遺症のような喪失感にさいなまれたままだった。

# 1　火星人との衝突

## 火星人の襲来

一八九八年の『宇宙戦争』には、イラストでおなじみの地球を攻撃するタコ型の印象的な火星人が登場した。映画やドラマになっただけでなく、現在にいたるまで、小説や映画やマンガなどで様々なオマージュやパロディ作品が描き出されてきた。これがなければ、アメリカ映画の『スター・ウォーズ』も『マーズ・アタック！』も『インデペンデンス・デイ』も存在しなかった。宇宙空間をまたいだ戦争を大きく扱っているので、ウェルズの小説でもいちばん知られている作品ではないだろうか。

『宇宙戦争』は、正確に訳すと『世界どうしの戦争』となり、火星人と地球人という言語・歴史・習慣の異なった文明の衝突が根幹にある。しかも、火星人は宣戦布告もなく侵略し、地上での戦闘を開始した。両者の関係は対等ではなく、円筒型の宇宙船が射込まれて、一方的に戦争が始まった。皮肉にも、宣戦布告の使節を送るといった国際政治のルールを無視し、いきなり攻撃した「野蛮」な火星人のほうが、宇宙空間を飛行して地球に到達する高度な「文明」を持っている。この科学技術と倫理とのアンバランスが、『透明人間』や『モロー博士の島』

のような個人ではなくて、集団に及んでいる点が『宇宙戦争』の特徴となっている。

この小説の語り手で、最後まで名前が不明のままの主人公は物書きである。自転車に乗ることに熱中し、「文明が進歩すると、人々の道徳観はどのように変わるか」と題するエッセイなどを新聞向けに書いたりしながら、ロンドン郊外の住宅地で妻と使用人とでそれなりの暮らしをしていた。これはどう見てもウェルズ自身である。自伝的なネタや体験を基にして小説を作っていて、一八九五年に住んでいたことのあるウォーキング付近の地理を自転車で調べて、具体的に作品にとりこんでいる。

ウォーキングの駅近くにあるとされた「オリエンタル大学」が、インド風の外観をしていた「ロイヤル・ドラマティック・カレッジ」のことを指すという置き換えがある。その後、火星人の高熱ビームによって校舎が破壊されてしまうので、直接の言及を遠慮したのかもしれない。また、セント・ジョージズ・ヒルのように、ウォーキング近くに実在する丘の起伏などの描写も細かく、さまざまな実景を作中にとりこんでいる。ロンドン市内に関しても、通りやそのつながりは、地図を片手に読むと臨場感がわくほどだ。鉄道や道路を通じてロンドンの郊外にまで住宅地が広がった六〇〇万人が住む大都市ロンドンの地理が浮かび上がってくる。最初は「火星人侵略」の情報が伝達されずに、日常生活を維持していた人々が、状況を理解するにつれて、しだいにパニックになる過程が描きだされている。

物語の視点的人物となった主人公は、戦いの一部始終を目撃していた。つまり、ホーセル共有地に落下した第一陣となる円筒ロケットが作ったクレーターを見物したところから、途中で知り合った副牧師とある屋敷で生き埋めになったり、穴を掘っている兵士と出会ったりして、その後「死の都」となったロンドン市内を歩き回り火星人の死亡を確認するのだ。回想形式で「二つの世界間の戦争」の様子が細かく語られる。一九〇〇年という近未来から、六年前の一八九四年の火星接近時の侵略戦争を描いている。過去を回想するスタイルのせいで、臨場感を伴なって戦闘場面を記述するだけでなく、その後判明した火星人の特徴や技術などを分析し文明論的な見解を加え、火星人側の動機や事情を推測する内容も含んでいるのだ。単なる戦争体験記にとどまっていない。

しかも、火星人の生理学的な面の記述は、他の著者にゆずるといった逃げ口上で、詳しい説明を避けているのが、かえって数ある「火星人戦争」の記録の一冊に思えて、戦記物のリアリティを与えている。生物学が得意なウェルズらしく、頭でっかちで消化器官が退化した生物という具体的なイメージを提示してはいた。最後には「ほぼ完全な形で、アルコール漬けの標本が自然史博物館に保管され」ているので、解剖図を読者も見たことがあるだろう、などと語って済ませている。

だが、自分たちを襲った火星人やその行為に、「姿の醜さ」や「野蛮な行為」という倫理的な価値判断を交えるように、主人公は憎悪から逃れた客観的な記述をしているわけではない。主人公が、自分の体験や視野の狭さを意識して筆を抑えているせいで、体験がいかにも非公式な一市民の物だという「本物らしさ」が表現されている。どこか作家の従軍日記の趣きがある。火星人侵略後の王室の動きとか、首相や議会や政府の見解や声明のたぐいが引用や言及されていないのも、戦争という大きな政治的な問題が歴史学者によって語られるのではなくて、あくまでも一般人の視点のレベルで描かれているという印象を強めるのだ。

## 空想旅行記との違い

ウェルズによる火星人来襲の話があまりに印象深いが、他の星に異星人が棲息する話そのものは、それまでにも書かれなかったわけではない。古くは二世紀にルキアノスが「本当の話」で月へと旅をする話を書いていた。また、マザーグースに出てくるのは、牛がバイオリンにあわせて月を飛び越えたり、月の男がイギリスのノリッジに降りてきて冷たいポリッジ（おかゆ）でやけどをするといった、ナンセンスな話だった。

月や太陽への宇宙旅行の話は十六世紀以降にたくさん書かれてきた。このルキアノス以来の空想物語の文学伝統があるのだが、それと、ガリレオなどによる地動説やニュートンの万有引力やギルバートが理論化した磁力といった「新しい科学」の結合によって開花したと、マージョリー・ニコルソンは指摘する（『月世界への旅』）。中世の神学的宇宙観からの脱却が、宇宙探検小説の背後に大きな思想的潮流としてあるのだ。

たとえば、十七世紀のフランスの作家シラノ・ド・ベルジュラックは、『月世界旅行記』を

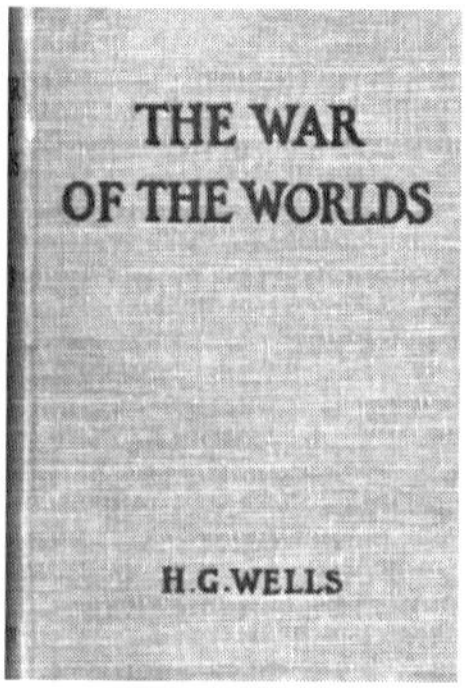

"*The War of the Worlds*"
(United Kingdom, William Heinemann, 1898) 初版書影

書いた。すでに多段階式ロケットのアイデアや、重力に引き寄せられて月へ到着するといった発想を盛りこんでいる。月世界の住民は、神から与えられた手足を使う方がよいからと四つ這いで生活し、四〇〇〇歳に達している。戦争はスポーツのようにゲーム化され、対等なもので、審判も存在する。そうした世界像が次々と語られるのだ。続編の『太陽世界旅行記』では、今度は太陽世界に住んでいる小人や鳥などと交わる話が出てくる。そのなかで「火」などに関する物質論の説明や人間の本性に関する議論がおこなわれる。こうした空想旅行記を書いたベルジュラックは自由思想家として活躍していた。月世界や太陽世界を使って現実批判を書き記したのだ。

じつは『宇宙戦争』の前年である一八九七年には、エドマンド・ロスタンによる傑作戯曲『シラノ・ド・ベルジュラック』が発表された。おかげで、シラノはユートピア文学の作家やリベルタンの思想家としてより、鼻が大きいコンプレックスを抱え、従妹のロクサーヌへの恋に悩む男として有名になった。日本でも新国劇が一九二六年に『白野弁十郎』という時代劇に翻案して人気を博した。同時に著作であるベルジュラック本人の『月世界旅行記』にも新しく光があたったのである。

もちろん、ウェルズの同時代の作家も宇宙探検物を書いている。アメリカの政治評論家でも

あったパーシー・グレッグによる『黄道帯を越えて』（一八八六年）では、火星への旅をした主人公の手記が描かれる。小さいころから他の惑星に別の世界があると信じていた主人公は、開発した反重力装置を使った宇宙船で、水も大気もあると考える火星へと向かった。そこで、別世界の体験をする。

SF作家のアーサー・C・クラークは他ならないウェルズから多大な影響を受けているが、ウェルズ本人が『黄道帯を越えて』を読んで「盗用」したと推測する（ハヤカワ文庫『宇宙戦争』序文）。この場合の「盗用」はかなり肯定的な表現である。確かに類似点は多いし、その後ウェルズが『月世界最初の人間』において、反重力装置を使った旅先を選ぶときに、グレッグの小説の主人公が無視した「月」へと向かったのも当然に思えてくる。

この『黄道帯を越えて』は、E・R・バローズの『火星のプリンセス』といった、後に「剣と惑星」物と呼ばれるジャンルを切り開いた。地球とはまるで環境の異なる世界を舞台に、主人公が腕力や剣の技で冒険する話である。世界中から「秘境」が無くなりつつある時代に、アフリカ（ハガード『ソロモン王の洞窟』）や南米（ドイル『失われた世界』）といった冒険の舞台を、今度は他の惑星に求めた作品群である。アメリカ発の作品に刺激を受けてウェルズが書いたとすれば、後にアメリカで『宇宙戦争』が受容されるのは、本家に帰ったようにも思える。

ところが、クラークも認めているように、ウェルズはグレッグを出発点とする異世界冒険物とはかなり違う方向を目指していた。ベルジュラックやグレッグのように他の惑星の住民を扱った話の多くは、ユートピア文学の系譜にあって、『ガリヴァー旅行記』と同じ異世界訪問記の変奏に過ぎない。バローズやその亜流が火星や金星などを舞台に展開した「剣と惑星」物の系譜も、基本的には同じ流れを継いでいる。しかも、異世界で白人の主人公が、腕力と知恵を武器に、王や支配者にのし上がっていく話である。それはキップリングの「王になろうとした男」（一八八八年）で、二人の冒険家がアフガニスタンの奥地で体験することだし、コンラッドの『闇の奥』の商人カーツがコンゴの奥地で自分の王国を作る話ともつながっている。

それに対して、『宇宙戦争』は、ガリヴァーが上陸した小人（リリパット）国でのエピソードを敵となった側から描いた作品とみなせる。ガリヴァーという巨人兵器が、自国の戦艦をまとめて引っ張って運んでいったせいで、軍事力を骨抜きにされた「ブレフスキュ国」の住民側の記録とでも言えばよいのかもしれない。フランスをあてこすったとされる「ブレフスキュ国」に勝利したことが、ガリヴァーがリリパット国に受け入れられる大きな条件になった。こうした立場を相対化する視点が盛りこまれているせいで、ウェルズの作品は単純な愛国的な視野を免れていた。細部に懐疑的な視点が盛りこまれているのが『宇宙戦争』の特徴ともいえる。

## 相対化する視点

『宇宙戦争』においては、地球と火星という二つの世界の衝突が、単なる憎しみや敵対関係を超えて、地球人の立場や価値の相対化をもたらす。主人公は冒頭で、火星人は地球人を「下等なサル」と見下して攻めてきたと推測し、地球人の社会が弱肉強食で成り立つ現状からすると、こうした考えも不思議ではないと結論づけるのだ。

火星人を批判するのは簡単だ。しかし、わたしたち地球人が地球上で行った数々の残虐行為もわすれることはできない。地球人は、野牛（バイソン）やドードーなどの動物を狩りあさって絶滅に追いこんだばかりでなく、同じ地球人に対しても、相手を未開の種族とみなすと、虐待を加えて恥じなかった。タスマニア人は外見上も立派な人類の一員だったが、ヨーロッパからの移民が原住民の絶滅を狙って暴虐のかぎりをつくしたため、わずか五十年で絶滅した。火星人が地球人の絶滅を企てたからといって、わたしたちにその行為を非難する資格があるだろうか？　わたしたち地球人も、決して慈悲の天使ではない（第一部第一章）。

冒頭にある有名な一節だが、語り手である主人公が地球人としての自分の立場を相対化する視点がよく表れている。この考えは、ウェルズのものと等しいだろう。やはり主人公は、火星人の三本足の戦闘マシンに怯えているときに、ふと「地球の下等生物は、わたしたちの戦艦や蒸気エンジンをどうみているのだろう？」という疑問を口にしたりする。

ここで宗主国と植民地との関係を想定するならば、自分たちが動物や「未開人」を絶滅させた以上、地球人（＝文明人）が今度は火星人という他の巨大な存在に蹂躙されても仕方ない、という悲観的な考えにたどりつく。火星人による破壊を旧約聖書の「怒れる神」によるノアの洪水やソドムとゴモラの裁きと重ねて、道徳論に向かうこともあり得るが、進化論の洗礼を受けたウェルズは、単純にそうした見方をとらなかった。火星人から逃げる途中で出会った副牧師のように、火星人は人類を裁くためにやってきた「神の使い」として世界の終末だと納得するわけではない。植民地主義や帝国主義に巻き込まれた被害者であり、同時に加害者としての人間の姿も描いている。

相対化の視点をもたらすのに利用された器具が「顕微鏡」だった。生物学教師だったウェルズらしく、一滴の水にうごめく微生物の姿を、そのまま人間になぞらえたのだ。これは空から見下ろす神のような超越的な存在と人間との関係を連想させるのでわかりやすかった。同時代の作家であるマーク・トウェインは、後に『細菌ハックの冒険』（一九〇五年）という未完の小説で、コレラ菌にされてしまったハックを描いた。細菌の世界では、三週間が三〇〇〇年という長さになっていた。異なる世界では、時間の経過も異なるはずだとする相対化によって、この細菌世界のなかで、君主制と共和制が争ったりする三〇〇〇年分の歴史が展開する。それは人類史の投影に他ならない。

顕微鏡を覗いている者からすると、急速に変化するミクロの細菌世界は、自分たちの世界の歴史のシミュレーションと読めてくる。世代交代を人間のスケールで考えると長い時間の物語となるが、細菌の繁殖ならば短期間で変化していく。遺伝子のショウジョウバエの研究、マウスの実験なども、繁殖による世代交代が急速に進むせいで採用された。人間の世代交代の時間スケールでは変化は緩慢だが、小動物や細菌の場合には加速して見せてくれるのだ。経過時間を圧縮するという意味で、一種のタイムマシンなのだ。

しかも、マクロとミクロの宇宙の主客の関係を相対化する手法は、後にレイ・カミングス(『宇宙の果てを超えて』)やエドモンド・ハミルトン(「フェッセンデンの宇宙」)などアメリカのスペースオペラの作家たちが好んで採用した。地上世界の生物を、人類を頂点とするピラミッド状に理解し、動物を高等生物と下等生物にわけたり、植物や鉱物を位階の下に置く、という中世の「存在の大いなる鎖」論のような考え方とは大きく異なる。現在でも生物世界や人間社会が安定したピラミッド型に描かれることが多いのだが、フランス革命などで大きな転換をとげることになった。そうした転換を側面から援助したのが、進化論などの科学理論や光学技術の進展だった。顕微鏡や望遠鏡で覗くことで見出されるタイプの階層構造を認めてしまうと、自分たちが神とか超越者だと考えている者のさらに上にも別の存在がいる可能性が出てきてしまう。安定した世界観への懐疑をもたらすことになる。

ウェルズの『宇宙戦争』では、火星は地球の天文学者たちが「望遠鏡」で見上げて覗きこむ対象だった。主人公の友人の天文学者のオーグリヴィーが、自分の天文台で見せてくれた望遠鏡は、星を追尾するためのぜんまい仕掛けが備わっていた。世界中の天文学者が、定点観測によって、火星の天候やガスの噴出といった現象を観測した。そしてイタリアの天文学者のスキャパレッリが「運河」が存在すると報告したせいで、にわかに火星人の信憑性が広がった。ただしイタリア語の「溝」とか「条」を意味する言葉を英語で「運河」と翻訳したせいで、人造物だと勝手に理解されてしまったわけである。多くの人は、火星には運河がある以上、火星人がいると科学的に証明されたと思っていたのだ。ウェルズはそうした当時の常識をうまく利用している。

だが、赤い草が生えて滅びに向かう惑星から、火星人たちは地球人を「嫉妬」のまなざしで観測していた。見上げているはずの地球人が、見下ろされる対象となることで、主客が逆転してしまう。死角である上空から地球人は監視されている。何気ない日常の空が、脅威と不安の領域へと変わるのだ。しかも、主人公は火星人による殺戮を目撃したショックで、「自分を外側から見る感じ」に襲われる。その不安は火星人による外からの攻撃で表れてきた内在するものだ。SF映画などで、異星人が実在するときに使われる「私たちは孤独ではない」という標語がしめすように、天空から訪れる存在が、神が造った唯一の選ばれた者としての人類の地位を揺るがす可能性を持っている。

ただし、『宇宙戦争』では単に地球人と火星人の地位が相対化されるだけでない。火星人の中に差異が存在することが描かれている。映画化作品などでは無視されてしまうのだが、火星にはタコ型ともいえる者と、地球人とよく似た者の二つのタイプが生存しているのだ。この人型の生物に関しては、「各々の円筒ロケットにこの生物を二、三体ずつ積み、地球に到着するまでの栄養源にした」と描かれる。どうやら支配者は頭脳だけが発達したタコ型火星人で、被支配である人間型の生物はその食料となっていた。

両者は階級差あるいは種差を持つというべきなのだろうか。いずれにせよ姿や能力に差異を持つ生物が火星には棲息している。そして、栄養源となる被支配者の数の不足、つまり食料不足が火星人の地球移住の大きな要因と推測されていた。火星上でのタコ型と人間型の相互関係が、そのままタコ型火星人と地球人との関係へと転化している。栄養源として地球人を手荒に扱うのに躊躇がなかったのも、すでに火星において人間型を扱う予行演習を積んでいたせいである。『宇宙戦争』で提示されるそうした「事実」そのものが、読者が火星人へと感じるおぞましさや不安を増幅するのだ。

## 人災や天災との類比

火星人の攻撃によって、ロンドンの郊外が壊滅的な被害を受け、やがて市内へと攻撃が広がっていく。「ロンドン壊滅の危機！　火星人がキングストンとリッチモンドの防衛線を突破！　テムズ・バレーで大虐殺！」と新聞の見出しが躍った。テムズ渓谷では、中産階級のために、鉄道での通勤を完備した郊外住宅地が開発されていた。そうしたいわば新しい都市空間に火星人が襲ってくるのである。

そこでのイギリスの軍隊による反撃や、テムズ川に浮かべた戦艦「サンダー・チャイルド」号の活躍も描かれている。数台の戦闘マシンを倒すことに成功した。これは「防衛戦争」の話である。そしてゲルマン民族の大移動のように、首都から六百万人の市民が逃げ出す混乱を描いたことで、その後の都市を襲う災害パニック小説や映画、日本での怪獣映画の原型となった。

火星人に蹂躙された後の廃墟となったロンドンの姿はこう描写されている。

ぼんやりと浮かび上がるウェストミンスター寺院の残骸……青くかすむサリー丘陵……銀色に輝くクリスタル・パレスの二つの塔……。逆光の中に浮かぶセント・ポール大聖堂の丸屋根は一見、いつもと変わらない。しかし、よく見ると、西側にポッカリと大きな穴が開いていた。（第二部第八章）

観光写真のような美しさを持つロンドンが醜い姿に変貌していた。このように敵に首都が蹂躙されて陥落することが歴史上なかったわけではない。十九世紀にも、一八一二年のナポレオン戦争でのモスクワ退却や、一八六一年の南北戦争でのアトランタ陥落などの出来事があった。

戦争は最大の人災だが、ウェルズは一日で都市を破壊する自然災害にも言及する。遺跡で有名なポンペイが、七三年のヴェスビオス火山の噴火で一日で壊滅した例である。ブルワー＝リットンによる小説『ポンペイ最後の日』が、ウェルズの念頭にあったはずだ。さらに十八世紀半ばの一七五五年のリスボン大地震が、ヨーロッパを震撼させた。十一月一日の諸聖人の日に起きたことで、神が信仰の有無にかかわらず無差別に襲うというイメージを与え、神への懐疑論や無神論を増大させた。ヴォルテールやルソーやカントといった思想家にインパクトを与えた。揺るがないはずの不動の大地への疑念を抱かせ、人口が集中しているせいで被害が拡大する都会への反省から、田舎の自然の見直しを迫ったのだ（ウィザーズ『啓蒙主義を配置する』）。

こうした聖書から近代史までの人災や天災のイメージを総動員して、『宇宙戦争』は、一六六六年のロンドン大火以降、防火対策をとってきたせいで壊滅した経験を持たないロンドンを舞台に、具体的に破壊をシミュレーションして見せたのだ。しかも、ウェルズ自身が住んだことのある土地を舞台にしたせいで、数々のリアリティが感じられる。これは『透明人間』でグリフィンが逃げ回ったのと同じで、人々が逃げ惑うパニック状況を描くのに好都合だった。

さらに、火星人が使用する三本足の戦闘マシンや、高熱ビームや毒ガスという新型武器が、それまでの砲弾や銃といった古い戦いのイメージを書き換えてしまった。戦車や毒ガスや飛行機械が活躍する第一次世界大戦を先取りしてもいた。主人公が軍が火星人に戦闘準備をするのを見て「小学生時代に夢見た〝戦争と英雄〟に対する憧れが蘇ってきた」ように、『宇宙戦争』を読みながら、読者は具体的な土地のイメージの上に、あれこれと未来の戦争の状況に考えを巡らせたのだ。

## 2　戦争とパニックのシミュレーション

### 火星という鏡

火星の住民による移住計画とそのシステマティックな実行の影響を受けて、地球の運命が大きく変わってしまう。ウェルズが『宇宙戦争』に持ちこんだのは、外惑星である火星の方が早く文明の先端に達したという考えだった。

太陽系の誕生に関するカント＝ラプラスの星雲説に基づき、地球より直径が小さくて引力が弱く太陽より遠い火星は、形成過程で地球より早く冷えたので、文明が先に発達したはずだとみなされていた。しかも早く冷えるからこそ火星文明は衰退の危機にあり、他の星へと移住せざるをえないのだ。火星人の侵略が大義名分を持つとすれば、自分たちの文明が滅亡する危機的状況からの脱出であった。

滅ぶままに任せるべきなのか、それとも生き延びるためには他の世界への移住や侵略するのも辞さないのか、という問いかけは、火星人という「種の生存権」をどう把握するのかとも関わる。それはロンドンに流入してくる外国人への嫌悪を抱えていたヴィクトリア朝後期の状況ともつながっている。ホームズ物に出てくる犯罪のかなりの数が、インドやアメリカやドイツといった外国を起点にしていて、外国人がイギリスの内部へと侵入していることがわかる（富山太佳夫『シャーロック・ホームズの世紀末』）。そして、肯定否定いずれにせよ、現在のグローバル化した状況での移民や難民問題ともつながっているのだ。

地球が破滅に襲われることをシミュレーションした小説として、他の星の接近によって物理的に地球が混乱に陥る、という内容の短編小説「ザ・スター」（一八九七年）をウェルズはすでに発表していた。これは、天文学者が海王星の軌道を乱し、外から接近する「巨星」を発見してから、それが急速に地球の近傍を通り過ぎたことで巻き起こった変化を語っている。その巨星は海王星と衝突し、巨大化すると、太陽に向かったのだが、その途中に地球があった。幸い月が盾となって防いでくれ、大きさが四分の一に減った。そして地球では、極地の氷が解け、巨大な津波が起き、火山の爆発が誘発された。天変地異のせいで、通過後は被害を受け、残った人類は同胞愛にめざめたのである。その変化を観察していた火星人の天文学者がほとんど大きな変化を感じられないという結論を出すのが、地球を相対化する皮肉が効いている。これはウェルズが地球における天変地異さえも大きなスケールのなかでは小さな変化でしかないと捉えていることをしめす。

そうした大きな視点から火星人の侵略を題材にすることで、社会がパニック状態になるシミュレーションを描いている。「火星」は地球の双子星として昔から人間の想像力をとらえてきた。しかも『宇宙戦争』には、火星と地球が最接近した一八九四年の「衝」のことが言及さ

第二次世界大戦中、ドイツ軍による空爆を受けたロンドン市街

れていて、どうやらそれが火星侵略の年なのだが、火星を観察できる時期が限られていたので余計神秘化されていた。二年二ヶ月ごとに火星と地球が接近する「衝」があるが、その距離は大接近となると五五〇〇万キロ、小接近では九九〇〇万キロと倍近い違いがある。次の大接近のときに、ひょっとすると侵略が起きるのではないか、という想像上の警告も可能だったのだ。

## 来るべき大戦と未来戦記

火星はその赤い色が血を連想させるためか、軍神マルスを象徴する惑星となり、戦争との関係を切り離すことはできない。そして、十九世紀後半のヨーロッパにおける政治情勢、さらには宗主国どうし、さらにそれぞれの植民地における覇権争いが、火星人の侵略にリアリティを与えていたのだ。一八七〇年の普仏（独仏）戦争後に統一ドイツ帝国が誕生した。

帝国どうしの覇権争いが世界のあちこちで起きていた。八〇年にはイギリスとオランダ系住民が南アフリカで争ったトランスヴァール戦争があり、これは後にボーア戦争となった。またワトソンが負傷して軍医をやめることになった、七八年から八一年にかけての第二次アフガン戦争も、イギリスがロシア帝国の台頭を阻止するためのものだった。考えてみれば、阿片戦争の脅威を感じていた幕末の日本でも、幕府と薩長のそれぞれに、武器を調達したイギリスやフランスなどの外国勢力がいたことを考えるならば、帝国主義的な覇権争いの下にあったとわかる。

ウェルズが『宇宙戦争』を書くときに則っていたのは、「未来戦記」あるいは「侵略文学」とされる系譜だった。イギリスの「未来戦記」の系譜は、外国（主にドイツ）の軍隊が侵略してくる話である。前年の九七年に出版されたブラム・ストーカーの『吸血鬼ドラキュラ』も、東欧からロンドンへと「移住=侵入」しようとする「不死者」を撃退する話だった。これもドイツ的な邪悪なものが大陸から侵略してくるという意味で、広義の「侵略文学」の中に入る（丹治愛『ドラキュラの世紀末』）。

「侵略文学」の始祖とされるのは、最初匿名で発表された「ドーキングの戦い」（一八七一年）だった。著者のG・T・チェスニーはドイツ（プロイセン）の軍事事情に詳しく、七〇年の普仏戦争がヨーロッパ情勢を変えたことを知っていた。国民皆兵を採用し、勝利したことでドイツ帝国が築き上げられ、大陸での覇権を広げていた。フランスの作家アルフォンス・ドーデの「最後の授業」（一八七三年）が、日本でも有名である。アルザス・ロレーヌ地方の割譲によって、ドイツ領となってフランス語が使えなくなるとして、愛国主義的な怒りをかきたてる話となっていた。「フランス万歳」と叫ぶ先生の姿が印象的である。普仏戦争と同じ侵略や占領がイギリスで起きたらどうなるか、という未来像をチェスニーは独自にシミュレーションしてみせたのである。

名前だけが有名な小説「ドーキングの戦い」は、五十年前の戦いを祖父が孫たちに回想するところから始まる。彼は「義勇兵」としてドイツ軍と戦った。戦線を海岸付近からロンドン周辺へと後退させ、結果としてドイツに敗北してしまった。ドイツ語の会話が引用され、主人公はドイツ語ができたせいで助かる。イギリスの植民地が奪われてしまい、通商もできなくなって貧しくなった状況が語られるが、それも「繁栄が永遠に続く」と考えて、金持ちから貧乏人までが油断をして怠けていたせいだとする。そして新天地を求めて、よりゆたかな土地へと向かう孫たちに慢心するなと教訓を告げるのだ。

他国を支配しているはずのイギリスが、他国に支配されてしまうという、その後の「ディストピア小説」で繰り返し展開される設定を採用していた。イギリスは、オーウェルの『一九八四年』ではヨーロッパの一部となっているし、バージェスの『時計じかけのオレンジ』では、ソ連支配下なのでロシア語が日常語に挿入される。ドイツ支配下の属国に転落するという悲劇的な未来像が「ドーキングの戦い」を有名にしたのである。

著者のチェスニーは、今から十分に備えておかないと五十年後には、大英帝国が栄光を喪失した悲惨な未来を迎える、という警告としてこの小説を書いた。とりわけ義勇兵の視点から描かれているのは、予備役をも正規軍に統合するプロイセン流の軍事思想を採用するべきだという「総力戦」への期待が隠れている。義勇軍を下に見て、多くの戦死者をだす無能な士官が登場するのが、その表れであった。

平穏なイギリスを外国が侵略し蹂躙するというパターンは『宇宙戦争』も共通している。しかも「ドーキング」の北西一六マイルの位置に「ウォーキング」があり、地名も似かよっていてウェルズが踏まえていた可能性は高い。「ドーキングの戦い」ではドイツ軍は船でドーバー海峡を渡ってくるのだが、「ウォーキングの戦い」の火星人は直接宇宙から飛来する。砲兵によってまずは遠くから攻撃し、それから歩兵によって攻めていく、というのがプロイセンが採用した戦術だが、火星人が高熱ビームや毒ガスで、まずは抵抗勢力の兵力を封じてしまう戦法にも似ている。

しかも『宇宙戦争』で展開される空への想像力も、「未来戦記」の系譜とも関係が深い。十九世紀初頭のナポレオン戦争後から、気球を使って上空から攻撃するといった戦争のようすが、さまざまな空想図とともに小説化されてきた。シミュレーション小説としてのSFの役割を広げたのは、戦場としての空への想像力である。『宇宙戦争』でも、「誰かが気球で六月の朝のまばゆい青空に舞い上がり、ロンドンを見おろしたら」と言って、町から逃げ出す住民の群れを俯瞰する視点を与えている。その後ウェルズは『空中戦』（一九〇八年）で、戦いの舞台が空になることを予見した。

## 『両惑星物語』との違い

「未来戦記」や「侵略文学」の流れをたどった本のなかで、I・F・クラークは、とりわけ一八九〇年以降ヨーロッパ中で次の大戦を描く未来戦記が書かれたと指摘する（『次の大戦争の話　一八七〇―一九一四年』）。イギリスだけでなく、フランスやドイツそしてロシアなどでもたくさん書かれた。その場合の敵とは、各国が考える仮想敵だったのだ。

イギリスの文脈で言うならば、一〇六六年のノルマン征服以降、ブリテン島は天然の要害として守られてきたとする考えが根強くあった。神に守られた「もう一つのエデン」とシェイクスピアは呼んだ（『リチャード二世』）。歴史的な事実として、スペインの無敵艦隊を退け、ナポレオンの海上封鎖をしのぎ、その後第二次世界大戦での「バトル・オブ・イングランド」の空中戦でナチス・ドイツを上陸させなかった。ただし、ドーバー海峡によって守られているはずのイングランドは、安心できると同時にいったん防衛線が破られたならば防ぎようがない。そこで、住民たちの「平和ボケ」に対して警告を発している。

ウェルズの『宇宙戦争』は「ウォーキングの戦い」を継承して、仮想敵としてのドイツが統率がとれた軍事力を持つこと、毒ガスなどの化学兵器を利用する、といった戦争遂行の面を火星人へとつなげていた。本番に備えて警告を発し、予行演習を文字で描いているという点も、

「ドーキングの戦い」と共通している。だが、最終的には、地球というよりもロンドンは占領されずに済み、イギリスは微生物という自然がもたらした防衛機能によって守られた。地球人の戦闘能力ではなくて、地球という「生存圏」が住人を守ったというのが、ウェルズの場合の救いだった。

では、イギリスの仮想敵とされたドイツの側はどう考えていたのか。その好例が、『宇宙戦争』出版の前年である九七年に、クルト・ラスヴィッツが書いた『両惑星物語』だった。ウェルズ本人は執筆当時存在を知らなかったとされるが、両者が描いた「火星」を比較してみると、それぞれの特徴がよくわかる。『両惑星物語』は、後の一九三〇年にナチス・ドイツが禁書にしたことでも知られるが、これも「未来戦記」に入る。

冒頭で明らかになるのは、火星人が北極の島に基地を作り、上空には宇宙ステーションを浮かべて、火星との往復を行っている状況だった。気球を使って北極点に到達を試みていた二人のドイツ人が火星人と遭遇したのだ。火星人たちは、重力を制御することで推進力を得た宇宙船で移動し、重力波が光速を超えるスピードを持つという設定で、宇宙に拡散した映像を集めてきて過去を回顧までできる。エネルギー源は太陽光でまかなっていて、農業ではなくて化学工業で食料を調達していた。そのおかげで、地球よりもずっと多い人口を養っていた。

ラスヴィッツはドイツ人なので、火星人との関係で、好戦的なイギリスと平和的なドイツという対比を与えて、間接的にイギリスを貶めていた。イギリスのポーツマスで、火星の空中船とイギリス艦隊が戦うのが一つのクライマックスとなる。ドイツの仮想敵としてのイギリスが敗北した結果、大英帝国が解体する。イギリスが火星人によって封鎖されたせいで、インドなどの植民地が独立し、イギリスの支配力が低下したせいで中東情勢が流動化して、イスラム過激派が台頭すると描かれている。地球に密かにおとずれていた火星人とドイツ人との「混血児」が存在し、彼が両惑星の間を取り持つことになる。

後半では、地球を植民地化した火星人のもくろみと地球人の反発が描かれる。「成人教育」として地球人の教育水準を高めて火星人化をさせる計画もおこなわれた。これは征服した地球を合理的な精神の世界へと改造しようとするものだったが、火星の統治者が植民者として傲慢になっていくことが描かれる。このように火星人の支配によるディストピアの世界は、「失敗したユートピア」として表れてくるのだ（ゴーディン『ユートピア／ディストピア』序文）。管理や教化が、支配へと変貌する。もっとも最終的には地球人と火星人の恋人たちに未来を託すという終わり方をしていた。

これに対して、ウェルズの『宇宙戦争』では、地球人への教化すら行なわれずに、火星人と地球人はコミュニケーション不能の状態に陥っていた。ラスヴィッツの『両惑星物語』が、火星人による教育や統治とそこからの脱出という側面に重きをなしていたのに対して、『宇宙戦争』は、戦争の端緒から終結までを扱う戦争シミュレーション小説だった。円筒ロケットによって到着した火星人は、三本足の戦闘マシンと高熱ビームによって破壊を始める。人類は正体のわからない敵に襲われるし、火星人は毒ガスを使用して大量死を引き起こす。しかも彼らは、火星にはいない細菌のせいで滅んでしまうが、これはペストや炭そ菌などの細菌兵器を連想させる。未来の戦争の姿を想像させる要素がたくさんあったのだ。

## パノラマの視点

戦争シミュレーション小説である『宇宙戦争』で、ウェルズは事件を立体的にとらえる「パノラマ」的手法を採用した。SF作家のグレッグ・ベアは、こうしたウェルズのやり方と『戦争と平和』のレフ・トルストイとの類似性を指摘した（『解放された世界』序文）。トルストイは「物事」にしか関心がないが、ウェルズも共通するとされるのだ。物事にしか興味がないせいで、文学の芸術性を指向するヘンリー・ジェイムズやジョーセフ・コンラッドと、書いている小説がしだいに社会批判や評論に近づいていくウェルズとが、後に仲たがいしたのである。コンラッドは、ウェルズが考える「人間性」と自分の考えとがそりが合わないと思ったのだ。それが『闇の奥』による『モロー博士の島』の書き直しへとつながり、『密偵』で献辞まで捧げながらも疎遠となる理由だった。

文学者が社会における人間を描く場合に、「トルストイかドストエフスキーか」という選択肢が成り立つとすれば、ウェルズは明らかにトルストイ派だろう。ウェルズの影響を受けて「機械が止まるとき」というSF作品も書いたE・M・フォースターは、トルストイは「人間生活」を、ドストエフスキーは「魂」を描く点で他の作家と比類がないと述べていた（スタイナー『トルストイかドストエフスキーか』）。ウェルズの関心は、ドストエフスキー流の「魂」を掘り下げることにはないので、ベアの主張には説得力がある。この対立は、ＳＦというジャンル内でも、事件や物事を描くのに重きをおくタイプと、内面を描くことに重きをおくタイプとに分かれる理由を示すのだ。

興味深いことに、「宇宙戦争」では、主人公の語りで記録が貫かれるのだが、具体名を持つものと欠くものとに大別される。ロンドン郊外の地名はたとえ架空であっても、はっきりと示される。そして、友人や近所の人は、「ロンドンの新聞社に勤めるヘンダーソン」とか「ヒルトン卿」のように言及される。ところが、主人公本人や妻や弟といった家族の名前をはっきりと呼ぶ箇所はない。途中で出会う人間たちも、副牧師や兵士といった職名だけで、いわば抽象化されている。

どうやらこうした措置がシミュレーション小説としての働きを高めている。個々の人間の背景や感慨をあれこれと語るよりも、属性を持つだけの人物の言動の方が、「火星人の侵攻」という事件での各人の役割や行動をよく説明するのだ。パノラマ的という印象を与えるのはそのせいだし、人間性や魂を追及しないように見えて物足りなく思えるかもしれない。ちなみに、ウェルズは自作のゲームを売りこむほどのゲーム好きであり、父親がアマチュアのクローケー選手だったこともあり、スポーツへの関心も高い。そうした個人的な背景を持つせいで、ルールや規則に関して強く反応するのだ。

『宇宙戦争』の主人公は理系的知識にも富んでいて、天文学者の友人もいる。エッセイを書くので新聞や雑誌の編集者とも知りあいだが、文明論を語らせると文系的でもあるのだ。主人公が出会った副牧師とはまったくそりが合わないが、生き埋め状態になったときに、副牧師が食べ物に意地汚く、ルールを守ることのできない様子にいらだつ。そして副牧師が火星人に襲われてしまったのを、最終的に助けることができなかったのは倫理的な棘となっているが、同時に不可抗力でもあったとして納得する。

その後出会った兵士に対しては、たたき上げの軍人で自分よりも教育においても階級においても下に思える人物が語る、実践的な計画によって火星人の戦闘マシンを奪取して反乱する考えに賛同する。けれども、最終的に兵士は計画を立てるだけで、それを実践できないのだ。つまり祈るだけの副牧師も、机上のプランに拘泥する兵士も、事態の打開には役に立たない。ただしも、生き延びるという点で主人公のほうが行動力があるほどだ。

良くも悪くも評論家的な知識人の範疇に入る主人公に対して、ロンドン市内にいる弟は、医学生で試験の準備をしていた。この別の視点からのエピソードが、主人公の話を相対化し補完する。弟はいっしょに逃げることになった女性二人を守るために、ボクシングの技を使うくらいに、かなりの行動力がある。そしてテムズ川から外にでる船に乗船して、国外脱出を試みた。この弟の方の視点をとりこむことで、ロンドン侵攻という出来事を複数から捉えることに成功している。二人の女性をエスコートして国外へと脱出を試みるなかで、ロンドン市内での市民のパニックの様子が具体的に浮かび上がる。

転がった金貨に執着して馬車に次々と轢かれてしまう男、育てたランを手放すことを拒絶する者、馬車を奪おうとする追剥から、食料委員会の名前で馬車を召し上げてしまう人々など、多彩な人物が小さなエピソードとして盛り込まれる。テムズ川の河口に集う船に乗りこもうとするのだが、女性の一人は火星人よりフランス人のほうを恐ろしがって、外国へと逃げることを拒んだりする。宇宙人以上の外国人嫌悪がそこには渦巻いていた。

物語を立体化するために、主人公は弟の視点以外にも、友人の天文学者オーグルヴィーが円筒ロケットを発見した様子の見聞、さらに兵士たちとの会話で得た情報などをとりこんでいた。だから一つの視点に限定した話というわけではない。ただし、火星人側の視点は不在である。これがウェルズ作品の特徴だろう。副牧師が「神の使い」と錯覚したように、地上の善悪で判断できるものとして捉えようとした。だがそうした善悪の概念を超えたところに火星人が置かれている。ラスヴィッツの『両惑星物語』には、意思の疎通を図ったり、意見を言う火星人が出てきて、ほぼ地球人と同じ要素を持ち、「混血」が生まれるくらいに似かよっている。それなら善悪に共通点を持っていても不思議ではない。

ところが、ウェルズの火星人には「睡眠を必要としない」とか「性別がない」という特徴がある。しかも自分で姿を変えることができる。さらに「音声と触手」でコミュニケーションをとっていると一般には考えられていたが、主人公は観察に基づく自説として、テレパシーを使っていると推測している。火星人の声だと皆が錯覚したのは呼吸器官の音なのだと指摘する。いずれにせよ、地球人とは全く仕組みが異なる生命体である。当然ながら「ファースト・コンタクト」は、すれ違いの失敗に終わった。『宇宙戦争』はこの後のSFにおける宇宙人との遭遇で、相手が理解不能の存在である場合の系譜の出発点ともなった。人間どうしのような対等な関係の戦争ではなくて、異質なものどうしの大衝突となっているのだ。

## 3　火星文明のインパクト

### 排除する力とナショナリズム

円筒の宇宙船が着陸したのは、「ホーセル共有地」だった。集まってくる野次馬を遠ざけるために柵を置く許可をもらう必要があった。そのために、主人公は天文学者たちに依頼されて地主であるヒルトン卿が、ロンドンのウォータールー駅から列車で帰ってくるのを待って、交渉する。ウォーキング周辺が、郊外にあることがはっきりする。主人公の弟も鉄道を使ってたどり着こうとするが不通となって願いはかなわない。

ウェルズがロンドンのど真ん中ではなくて、「共有地」に落下させるように描いたせいで、しだいにロンドンへと近づく様子がリアリティを持った。共有地とは、貴族の所有地のなかで牧草地を指す言葉で、だからこそ多くの人が見物人として詰めかけることができた。ウェルズは、クレーターの周りに多くの見物人がやってきて、それを目当てに青リンゴとジンジャエールを売る商売人まで描写する。天文学の知識もない人々は、それだけ危機感もなしに見世物として捉えていたのだ。

それにしても、着陸地点に牧草地が選ばれているのはどこか皮肉めいている。火星人が侵略を試みた最大の理由は、地球を「植民地」とするためだが、地球人を対等に扱うのではなく、一種の家畜化を目指すものだった。栄養源としての地球人を確保する。そのために、火星人が高熱ビームで見物人や家屋を破壊していくことで、抵抗力を失わせ、その後は絶望のなかで服従させ、大量に消費していくのだ。

大量虐殺をする火星人の蛮行を目撃したことで、主人公の心にしだいに「ナショナリズム」が芽生え、「戦争熱」にかられていく。共有地での騒動で死者が出たことで、かえって「戦争と英雄」の考えにとらわれ、「時おり文明社会を襲う戦争熱が入りこんでいた」と説明する。冷静な記述者に見えて、体験によって感覚が揺さぶられていくのだ。その過程で、主人公にとって足手まといになったり、「女々しくなる」要素が排除される。

まずは妻の身の安全の確保と脱出のため、馬車を調達してレザーベッドの従弟の許へと送っていった。そして馬車を返却するために戻ってみると、火星人襲来の情報を知らずに貸してくれた「ぶち犬亭」の亭主は殺されてしまっていた。これは冷静に考えると、亭主が生き残る可能性を奪ったことにもなるのだが、戦争時には別の倫理が働くという立場を主人公は貫いている。確かに主人公は「ドーキングの戦い」の義勇軍兵士のように武器を持って戦ったわけではない。評論家であり、目撃者でしかない。「見る人」として、一部始終を見届けようとする。その行動の原動力となって、主人公が守ろうとしたのは、ワインを飲みながらテーブルクロスをかけて妻と食事ができる生活だった。

次に主人公が出会って排除した「女々しさ」は、副牧師だった。宗教が役割を大きな役割を果たすべきときに、理性を失い、騒ぐだけだった。副牧師と二人で、外に火星人がいるせいで、最終的に二週間閉じ込もった。その家のなかで本性を表す。それは、ルールを守れず、食料を勝手に食べたりする身勝手さだった。主人公は副牧師を黙らせるために殴ったりもするが、ぶつぶつと文句を言う様子は止まらずに、火星人の工作マシンの手にかかってどこかに姿を消してしまう。文脈からすると、火星人の栄養源になったのだろう。

そしてパトニー・ヒルで出会った酔っ払い兵士も排除の対象だった。これはローマ喜劇からの「ほらふき兵士」の系譜を継いでいる。彼が語る反撃計画は壮大であった。兵士でありながら「アリと人間」の戦いだとあきらめていて、自分の仮説を述べる。火星人は吸血鬼であり、そのうち人間を飼育し、太らせてその血を吸うようになる。そして、火星人に支配されることに疑問を持たない人間たちの仲間になるのではなく、下水道をねぐらに抵抗勢力を作り、火星人から逃れて生きることを空想するのだ。だが、どこまでも机上の空論であり、酒が入ると本人に実行力はない。下水道につながる横穴すら、本人の計画とはほど遠い距離しか掘り進んでいなかった。主人公は兵士を見捨ててロンドンの市内へと向かっていく。

そこで見たのは、主人公の中流的な生活の基盤の破壊だった。だがそうした生活が不安定であることを予告するエピソードが小説の最初のほうで書き留められている。ある晩家の近くを散歩している途中で、駅の鉄道の「赤・黄・緑（青）」の信号を妻が指し示した。それは運行秩序を保っている安全と平穏の印として輝いていた。しかしながら火星人の襲来で、その信号がすべて赤へと変わっていくことになる。この小説は、最後には、火星人との関係で最低限「黄色」の信号が点灯するようになったと警告している。安全の印の「緑」が点灯することはなくなったのだ。イギリス国内と家庭を守るためには不安に基づく警戒心が必要となる。この意識の変化こそ、火星人との衝突がもたらした最大のインパクトといえるだろう。

## 微生物とネットワーク

主人公に生存のチャンスを与えたのは、『宇宙戦争』で衝突していたのが、単に「人間」どうしではなくて、火星と地球の双方の生態系が作りあげたネットワークだったせいである。火星人は、進化していく中で頭脳を発達させたが、消化器官を退化させていった。これはすでにウェルズが雑誌に書いた未来の人間像を借用したものだった。そのため、栄養源を別に必要とする。それが他の生物の「血」であった。

一種の吸血鬼として、火星人は存在している。言い換えると、他者の血に依存しなくては生活できない存在なのだ。その犠牲者が人型生物で、その延長上に地球人がいる。地球人への「嫉妬」のまなざしは、豊富な栄養源にあふれた世界への羨望に他ならない。自分たちより低レヴェルの地球文明に対してではないのだ。

結局砲兵隊や戦艦が火星人を撃退したわけではない。見えない相手である「微生物」の仕業だった。これは小説の冒頭で、火星人が地球人を「水滴の中で増殖する微生物を顕微鏡で観察するかのように研究した」と述べていることに対応する。ところが、観察が得意な火星人も地球上の微生物そのものには思い至らなかったわけだ。この微生物による火星人の死は、カーヴァーが提唱した仮説にすぎないと主人公は述べるのだが、微生物が「神の使い」として火星人を滅ぼした、というストレートな説明になってはいない。

有史以来、人類は細菌と戦い、数多くの犠牲者を出し続けてきた。私たちの先祖も、その点では同じだったはずだ。自然淘汰の結果、人類は細菌に対する抵抗力を得た。どのような細菌に対しても、まず防御機能が働く。それに、ほとんどの細菌――たとえば死体を腐敗させる細菌――に対して、地球人の肉体そのものが免疫を持っている。（第二部第八章）

あくまでも細菌と共生するようになった進化の過程を重視しているのだ。

地球人の免疫力は、進化の産物であり、一朝一夕で獲得したものではない。それに対して、火星には細菌や微生物がいないとされ、免疫力がないのは確かだ。その優劣の差は、地球人の側がすでに犠牲を払って抵抗力を獲得してきたからに他ならない。だとすると、侵略してきた火星人が死亡したのも、一緒に入ってきた赤い植物たちが一時的にテムズ川にまで繁茂したのに衰退したのも、彼らが地球の環境に適応できなかったからにすぎない。現時点で犠牲者を出したとしても、数世代に渡って地球の環境で暮らしたならば、火星人も火星植物も免疫力を獲得できるかもしれない。ここで主人公が触れた「自然淘汰」が鍵語となる。

生存のチャンスは火星人にも平等に存在する。あくまでも、現時点での地球の「生態系」や地球人の「生存圏」が、外来種を排除して「帰化」させなかっただけなのだ。「帰化」の元の英語は「自然化」となるが、それは人間にも動植物にも使用される。ウェルズの議論では、火星での生存競争と自然淘汰の結果、吸血生物へと火星人は進化した。その段階で進化できなかったのが、栄養源となっている人型生物なのだ。そこには自然淘汰の結果が表れている。

もちろん火星人を撃退した微生物の働きは、地球人にとってもプラスというわけではない。たとえば主人公が食料を求めてあちこちの家を物色したときには、「パンはかびだらけ」で食べることができなくなっていた。ラスヴィッツの『両惑星物語』では、火星人の「グラグラ」という軽い流行病が、地球人には重篤な病となる話が出てくる。地球人に種痘を行ない火星人との接触を避けることが、その対策となるのだが、これは「隔離政策（アパルトヘイト）」に他ならない。火星人たちが地球人と接触せずに、統治だけを行なおうとするならば、これはそのまま植民地支配の原理となっていく。

## 地球と主人公の変容

火星は直径が地球よりも小さいので、惑星の生成において地表がそれだけ早く冷えて、文明を先に発達させたと考えられていた。そのため進化の上でも人類を超えた姿になった。理性がまさって倫理的には冷血になっていき、高熱ビームや毒ガスなどの恐ろしいテクノロジーを発展させていることで、火星人が未来の地球人の先取りだとされる。では両者の衝突がもたらしたのは「負」の部分だけだろうか。「長い目で見れば、今回の出来事は人類の向上につながる事件だった」という結論が出てくる。

火星人が死滅した後に残された工作マシンについて、「研究によって、地球の機械文明は飛躍的に進歩した」と書かれている。火星人のテクノロジーを模倣し、技術移転することで地球人の文明が発展するわけだ。車輪を持たない火星人は移動手段として筋肉状の機構を発達させていた。また、高熱ビームの研究は爆発事故を伴なって今のところ成功してはいない。これも将来ひょっとすると制御する技術を見出すかもしれない。

眠りを知らない火星人は、夜に明かりをつけて、工作マシンを働かせて、毒ガス兵器などを作り出した。その姿が、主人公に夜の「ポッタリーズ」を連想させる。ポッタリーズは陶器などを焼く産業革命を担った一帯のことを指している。しかも機械どうしが自動的に結合して、そこから新しい機械を生み出すというイメージも描かれる。

火星人は戦闘マシンに乗りこんだり、工作マシンを動かしたりして、機械の補助によって、火星よりも重力の強い地球での活動をスムーズに行なっていた。これは未来における、つまりはウェルズが考える機械と人間との将来の関係を示唆している。馬車や列車を利用するだけでなく、自転車にまたがる人間として、半分機械に依存した姿が描かれているのは、将来火星人のようになる先取りでもある。

このように火星人との接触は、地球の未来との衝突に他ならない。しかも地球侵略は一時的に回避されただけで、いずれ到来すると考えられていた。だが、そのために戦う準備は火星人のテクノロジーを応用することでできている。この衝突によって描きだされているのは、さまざまな変容である。主人公はナショナリズムや男らしさを発揮して妻の命を救うこともできたし、火星人を前にして生き延びて、副牧師や酒に溺れる夢想家の兵士のような運命はたどらなかった。さらに地球が冷えて火星のようになっても、そこから脱出することが可能だと夢想する。

ところが、主人公がどうしても脱出できないものがある。共感すべき周囲の人々を亡霊ではないかと疑う気持ちがわいてくることだった。「ロンドンが死の街と化したあの夜の亡霊たちが、人間の姿を借りて現れたかのようだ」と考える。火星人の死を見届けたあと、主人公は意識が空白だった期間を持っている。じつは副牧師のように錯乱した状態を過ごした。偶然出会ったある家族に助けられたおかげで回復し、主人公は今は平穏なのだが、そのときに、何かが変わったとも考えられる。戦争後遺症のように、「私」の内部が変容したのである。『宇宙戦争』がもたらした傷は、外部の復興では片づかない深いものなのだ。

『宇宙戦争』はイギリス国内を守る物語を地球を守る物語へと置きかえられる可能性を示した。それと同時に、怖いのは外から侵略者ではなくて、戦争体験によって書きかえられてしまう自分の内面のほうだった。「自然淘汰」に基づいて階級などを築いてきたイギリス社会が、もっと強力な競争相手となる侵略者たちによって根底から破壊されるのではないか、という不安にかられているのだ。だとすると監視すべきなのは、地球の外ばかりではなくて、人間の内面や地球内なのかもしれない。そうした点を『宇宙戦争』は警告しているのだ。

## 4　アメリカを防衛する物語へ

### アメリカに渡ったウェルズ

『宇宙戦争』は、ヴィクトリア朝末期のイギリス帝国（大英帝国）が解体する不安に囚われていた。それは「侵略小説」の系譜にあり、ボーア戦争から第一次世界大戦へと向かうイギリスの不安と深く結びついていた。[1]だが、興味深いことにアメリカが積極的に『宇宙戦争』を自国の文化に取り入れてきた。すでに述べたように、グレッグの『黄道帯を越えて』がウェルズの発想の基となった可能性もあるが、先駆者としてだけでなく、「帝国」の防衛意識をくすぐる作品として火星人と戦う『宇宙戦争』が参照され、同時に何度も小説や映画が作り直されてきたのだ。

一八九八年に『宇宙戦争』が発表されるとすぐに、アメリカに舞台を置きかえた『火星からの攻撃者――ボストン内外での宇宙戦争』が「ボストン・ポスト紙」新聞に連載された。変更点としてボストンが襲われる以外は、筋立てどころかウェルズの文章を流用して書かれていて、著作権を無視した「盗作」である。読んでみると、余計な筋を刈りこんで徐々に事件が展開していくので、新聞小説という媒体にふさわしい。ウェルズには、流星の落下を特ダネと考える新聞記者が出てくるが、新聞そのものが特ダネを求めるニュージャーナリズムの媒体と化していたのだ。だから、ボストンを火星人が襲うというのは、最大級の特ダネでもあった。

これはその後のアメリカにおける『宇宙戦争』とメディアの関係を先取りしていた。ロンドンをボストンに変更しただけの盗作版は、匿名の編集者の手によるものだったが、その人気に応じて続編となるオリジナル作品が発注される。ガレット・P・サーヴィスによる『エディソンの火星征服』（一八九八年）で、こちらは地球人による反撃を描いている。『吸血鬼ドラキュラ』で、前半がロンドンへの吸血鬼の侵入を描き、後半がトランシルヴァニアへ向かった吸血鬼退治となるのにも似ている。

サーヴィスは、当時のアメリカの文化英雄としての発明家エディソンを取り上げ、彼のもとに人類は反撃をする。各国の君主の後ろ盾があり、中には日本の明治天皇も含まれている。こうして世界の代表としてアメリカの発明王エディソンが、火星を攻撃するための宇宙船と破壊光線を発明した。ウェルズに比べてスペースオペラとしての醍醐味がある。月での二回の戦闘で捕らえた火星人（ただしタコ型ではない）から火星語を学び、さらに火星での決戦に向かうのだが、衛星ダイモスに九〇〇〇年前にカシミール地方から略奪してきた人間の子孫がいることがわかる。その手引きもあり、大洪水を引き起こしたりして火星人を破滅させる。大勝利で地球に帰還して最初に観るのが白い雪をかぶった「富士山」というのが、私たちには何とも言えない感じを抱かせる。『宇宙戦争』同様にイラストもたっぷりと入っていて、これはウェルズよりも本格的な「宇宙戦争」といえるだろう。月の場面で宇宙服を着ているのが、SF作品として最初ではないかとも言われる。

この一八九八年にアメリカが『宇宙戦争』を積極的に受容した背景には、米西戦争があった。第一次世界大戦の前哨戦のひとつでもあり、この戦いでアメリカはキューバを手に入れただけでなく、スペイン領だったフィリピンなどを領有して太平洋へと大きく進出するきっかけともなった。米西戦争で民間兵の「ラフ・ライダーズ」を率いた英雄セオドア・ローズベルトは英雄として大統領となっていく。テディ・ベアの愛称の元になったことで知られるが、ボーイス

オーソン・ウェルズ

カウト運動を後押しし、アメリカが積極的に対外戦争へと向かう礎を作った。

このときに「ラフ・ライダーズ」に参加し損ねた一人が「ターザン」を書いたE・R・バローズで、彼の出世作が『火星のプリンセス』（一九一二年に連載）である。南軍の兵士だったジョン・カーターが、西部のアリゾナに自分の運を試しにいくのだが、アパッチ族の襲撃にあう。逃げこんだ洞窟のなかで、幽体離脱のように火星に行ってしまった。スー族と戦いながら暮らしてきたと自慢するカーターが、その後、火星でさまざまな原住民相手に戦うことができたのも当然かもしれない。つまり、バローズの火星はアメリカ西部の投影であり、火星は太陽系の惑星を舞台にした秘境冒険物でも好まれる舞台となったのだ。

けれども、アメリカがいちばん震撼したのは、オーソン・ウェルズがCBSラジオの「マーキュリー劇場」で放送した『宇宙戦争』のドラマであった。一九三八年十月三十日の日曜日の夕方に放送された。大騒動となり、翌日の新聞は「偽のラジオの「戦争」がアメリカ中を恐怖に」とか「ラジオの視聴者はパニック状態、戦争ドラマを事実ととって」といった見出しをつけた。

火星人が攻めてくるという話をセミドキュメンタリー調にしたのが「成功」の秘密だった。

最初にこれはドラマだと告知があり、オーソン（以下H・Gと区別するためにこう呼ぶ）が二十世紀の地球をじっと嫉妬深く見ている者がいるという前置きを語る。そして天気予報、演奏の実況中継があり、そこに中断してニュースが入ってくる。それは火星で爆発が見えたことから始まり、学者が解説したり、落下地点にニュージャージーの農場といった具体的な場所が出てきて、いやが上にも関心を掻き立て興奮が高まっていく。もっとも光速でもない限り爆発で見えた宇宙船が到着するはずもないのだが、そうした知識を持っている者は途中でこれがフィクションだと見破ってパニックとはならなかった。だが、しだいに多くの人がこれを現実だと信じ始めたのだ。途中で「これはドラマです」という中断やオーソンによる説明が入ったのも、放送局の側が視聴者からの問い合わせが増えていることに対応したせいだった。

ハワード・コッチによる見事なアダプテーションによって、ニュージャージーなどの具体的な地名が登場し、アナウンサーや学者や軍人さらには一般市民のさまざまな口調がマーキュリー劇団によって演じ分けられた。レコードに録音したさまざまな効果音が活躍し、中継がアクシデントで途中で切れる、といった手法で臨場感をあおるのだ。そして、火星人が出現する現場や破壊作戦なども詳細に「中継」される。「戒厳令」という言葉が流れ、戦場が遠くヨーロッパやアジアにあると考えていた聴取者にとって、目の前のラジオから流れる恐るべき現実に思えたのだ。

放送後すぐに社会心理学者のハードレイ・キャントリルは、面接やインタビューを通じてパニックの様相を分析した『火星からの侵入』（一九四〇年）を出版している。学歴や宗教などの要因が、どのようにパニックの反応と絡んでいるのかを個人的なレヴェルまで詳細に調べた。それによって、世界大恐慌以来の生活の不安、そしてナチス・ドイツのヨーロッパでの台頭といった戦争背景があることがわかった。さらに聴取者は、ラジオというメディアへの信頼があり、とりわけ通常の番組を中断してニュースが入り、しかも興奮した口調で語っているということで普通ではないと考えた。そして、学者や軍人といった権威によって語られる内容が嘘だとは考えなかったと答えた人も多い。また、襲ってきたのはドイツだと思ったことが明らかになる（これはある意味でウェルズの作品の根底にあった仮想「敵」を反復している）。信じなかった方は、SFを読んだ体験があったり、科学的な知識を持っているせいで、別の反応をしたのだ。こうしてウェルズの作品はもう一人のウェルズであるオーソンの手によって、アメリカ社会に「内部化」されて根づいた。

## 戦後アメリカの火星

第二次世界大戦後のアメリカにおいては『宇宙戦争』が提示する敵対した火星や火星人はますます積極的に映画やドラマ化が進められた。オーソン・ウェルズのドラマのあと『カサブランカ』（一九四二年）にも参加したコッチは、「赤狩り」によってイギリスへと逃亡した。そして、冷戦のさなかに、ジョージ・パルが製作しバイロン・ハスキンが監督した『宇宙戦争』（一九五三年）は、カリフォルニアを舞台にして、オーソン・ウェルズの東海岸物とは別の作品に仕上げた。落下した隕石を分析する科学者と、現地で知り合った女性教師が、火星人による虐殺から生き延びる。そして、弱点を探そうとする。火星人たちの戦闘機械を守っている力場を破るために、原子爆弾まで投下されたのだが、それでも打ち負かすことはできなかった。結局ここでも最終的には、地上の細菌が力となって、火星人を倒すのだ。

冷戦期の火星は住民との軋轢がある植民地だった。レイ・ブラッドベリの『火星年代記』（一九五〇年）は、滅ぼされていく種族として火星人を描き、最後に核戦争を逃れてきた地球人が次の火星人となるという物語だった。そこには彼の育ったカリフォルニアの歴史が書きこまれている。また、ロバート・A・ハインラインの『異星の客』（一九六一年）は火星人と探検隊員の間に生まれた男の目を通して、地球の文化的混乱ぶりが描かれて、火星は神秘的な体験を与えてくれる場所と捉えられている。そして、フィリップ・K・ディックの『アンドロイドは電気羊の夢を見るか？』（一九六八年）では、火星はアンドロイドのふるさとであり、彼らは偽の過去の記憶を植え付けられた存在で、地球人を憎んでいるのだ。

冷戦後に無人の火星は植民の対象となる。K・S・ロビンスンの『レッド・マーズ』（一九九二年）は、テラフォーメーションという火星を改造する三部作の最初である。リアルな火星植民小説と呼ばれ、連作で「グリーン」「ブルー」と緑や水辺が増えていく様子を描いて、しだいに火星が「地球化」する物語となっていた。だが、こうした火星の地球化への改造の物語の前に、ウェルズによって火星人による地球の「火星化」の可能性が描かれていたことを忘れて

映画『インデペンデンス・デイ』

はならない。それは赤い植物の繁茂である。火星人が意識的に持ちこんだわけでないが、テムズ川でも育った。最後はこの植物も地球の細菌に敗北してしまったのだが、そのまま繁茂していたならば、火星の環境に近づいただろう。火星人自身も地球人を「人畜化」することで、吸血するためのエサとして育てようとしていた。それは火星での実態に近づけようとするものだった。

もっとも、冷戦後も攻撃する火星人たちが消えたわけではない。ティム・バートン監督の『マーズ・アタック！』（一九九六年）は、冷戦期のトレーディング・カードが原案だが、最初は地球人の歓迎を受け入れていた火星人が遊戯のように虐殺を始めたり、彼らの弱点が地球のある音楽だったというう意表をつく結末を持っている。また、火星人ではないが、ローランド・エメリッヒ監督の『インデペンデンス・デイ』（一九九六年）のように、『宇宙戦争』をアダプテーションした作品もある。巨大宇宙船が出現して時間をあわせて、いっせいに各都市を攻撃する。それに反撃するために、かつて捕獲してエリア51に隠していた宇宙人の乗物を使って、その巨大宇宙船に入りこみ、コンピューターウィルスを相手にばらまくことで壊滅させるのだ。ここでは自然界にあるウィルスではなく人造のウィルスが鍵となる。

そして、スティーヴン・スピルバーグ監督の『宇宙戦争』(二〇〇五年)では、すでにアメリカの内部に火星人の武器が入りこんでいた。これは明らかに9・11を踏まえて、敵をめぐって外部と内部の境界線があいまいになってしまった状況を扱っている。そして、妻のもとへと自分の子供を連れ帰ろうとする男の話に全体を設定し直すことで、家族をめぐる問題を浮かび上がらせる作品としている。

このように『宇宙戦争』はアメリカにとって、外部との対決を描く際の準拠枠の一つとなってきたのだ。しかも、メディアを通じて不安は連鎖反応のように広がる。映像のような直接性を持つと、それが「偽」かどうかはすぐには分かりにくい。9・11のツインタワー・ビル倒壊の場面を見ても新作映画のプロモーションビデオにしか思えなかったり、3・11において原子炉に水をかける自衛隊のヘリコプターも特撮映画の一場面と錯覚する理由でもある。メディアは嘘をつくし、真実を伝えるのも同じメディアである。そもそも、日常で使う言語と同じ素材を使って小説も作られているわけなので、「真実」か「虚構」かの区別が簡単につくはずもない。ウェルズの『宇宙戦争』は現在にいたるまで、そうした点も揺さぶり続けている。

（1）もちろんイギリスもさまざまな後継者を生んだ。たとえば、破滅的な世界を描くジョン・ウィンダムの『トリフィド時代』（一九五一年）に出てくる、三本足の移動する食肉植物というのは、『宇宙戦争』の火星人を踏まえている。ウィンダムのライバルとされたジョン・クリストファーは、ウェルズに着想を得た児童文学のシリーズである『トリポッド四部作』（一九六七―八八年）を書いた。三本足の機械を操る宇宙人がもたらした「キャップ」と呼ばれる装置による人間支配とそれへの抵抗が描かれている。また、クリストファー・プリーストの『スペース・マシン』（一九七六年）は、『タイムマシン』とも結びつけて、『宇宙戦争』で火星人が支配した世界を浮かび上がらせる。これに対して、火星は、C・S・ルイスの『沈黙の惑星を離れて』（一九三八年）では、無垢な人々の住む世界となっている。また、アーサー・C・クラークの『火星の砂』（一九五一年）は、観光船が砂に飲みこまれたのを脱出するまでの話なので、これはアンディ・ウィアーの『火星の人』（二〇一一年）などにつながるサバイバルものでもある。

〈扱った作品〉

引用翻訳は、斉藤伯好訳（ハヤカワ文庫ＳＦ、二〇〇五年）、中村融訳（創元ＳＦ文庫、二〇〇五年）を、原文は、*War of the Worlds: Mars' Invasion of Earth, Inciting Panic and Inspiring Terror from H.G. Wells to Orson Welles and Beyond* (Sourcebooks Media Fusion, 2003) を参照した。

マーク・トウェイン『細菌ハックの冒険』有馬容子訳（彩流社、一九九六年）

クルト・ラスヴィッツ『両惑星物語』松谷健二訳（早川書房、一九七一年）

エドガー・ライス・バローズ『火星のプリンセス』厚木淳訳（創元ＳＦ文庫、二〇一二年）

レイ・ブラッドベリ『火星年代記』小笠原豊樹訳（ハヤワカ文庫ＳＦ、二〇一〇年）

ロバート・A・ハインライン『異星の客』井上一夫訳（創元SF文庫、一九六九年）
フィリップ・K・ディック『アンドロイドは電気羊の夢を見るか？』浅倉久志訳（ハヤカワ文庫SF、一九七七年）
K・S・ロビンスン『レッド・マーズ（上・下）』大島豊訳（創元SF文庫、一九九八年）
ジョン・ウィンダム『トリフィド時代』井上勇訳（創元SF文庫、一九六三年）
ジョン・クリストファー『トリポッド四部作』中原尚哉訳（ハヤカワ文庫SF、二〇一四—一五年）
クリストファー・プリースト『スペース・マシン』中村保男訳（創元SF文庫、一九七八年）
C・S・ルイス『マラカンドラ―沈黙の惑星を離れて』中村妙子訳（ちくま文庫、一九八七年）
アーサー・C・クラーク『火星の砂』平井イサク訳（ハヤカワ文庫SF、一九七八年）
アンディ・ウィアー『火星の人（上・下）』小野田和子訳（ハヤカワ文庫SF、二〇一五年）

# 第5章
# 科学技術の暴走
# ――『解放された世界』と『神々の糧』

【あらすじ】

『解放された世界』…人類がエネルギーや力を求めてきた歴史が語られ、原子力の発見が述べられる。新しいエネルギー源は工場や航空機のエンジンに利用されたのだが、そこから原子爆弾が生み出される。ヨーロッパ情勢の悪化から、互いに原子爆弾を投げつけて首都を崩壊させる戦争となる。その後に、世界連邦の考えが生まれ、王制なども廃止となって、原爆による戦争は人類を統一させる「最終戦争」となるのだ。

『神々の糧』…二人の科学者が発明した成長促進剤のヘラクレオフォービアが、実験農場のヒヨコ以外に広がってしまう。巨大なスズメ蜂やネズミが誕生する。それだけでなく、人間に与えたところ、巨人たちが生まれてしまうのだ。相容れない存在となって人間とは異なる価値観を持ってしまった彼らとの対立とその行方を描く。

# 1 戦争技術の変化

## テクノロジーによる変容

十九世紀になって、科学技術によって日常生活が根底から変わる時代に突入した。しかも変化のスピードは、ウェルズによれば、「馬の速さ」を基準にしていた十八世紀では考えられないほどになった（『予想集』）。馬のような疲れを知らない鉄道や自動車が登場し、電気の技術が応用されて、照明だけでなくモーターに利用され、電信や無線といった新しいメディアがどんどん浸透してきた。蓄音機、X線写真、飛行機など、それまで魔法の世界の話だったものが実用化されていく。

それに伴い、人間の移動と情報が伝わる速さも異なってきた。たとえば、コナン・ドイルのシャーロック・ホームズ物の短編「五つのオレンジの種」（一八九一年）の最後では、アメリカへと逃げた犯人の乗った帆船がサヴァナへと到着する前に、それより速い郵便船が手紙を届けるし、逮捕の要請がアメリカの警察へ海底電信を使ってすぐに届く。港についた犯人があっけなく捕まるとすれば、大西洋海底ケーブルのおかげである。これは、一八五八年に敷設が開始され、六六年には本格運用されていた。インドとロンドンの間にも七〇年には電信ケーブルが敷かれて、植民地の支配に必要な情報がリアルタイムで伝達されていたのだ。

十九世紀後半のアメリカ西部での鉄道敷設の進展が、線路の傍らに電信網を伸ばしていくことにつながった。昔の西部劇映画で、通信が途絶して、先住民の動向や列車強盗のようすがわからなくなる話が出てくるが、鉄道は物資だけでなく情報伝達のライフラインでもあった。駅には物資と情報が集まった。もちろんその後、有線が無線になることで、全国規模での情報伝達は「リアルタイム」や「双方向」の度合いをさらに高めていく。

その渦中で、古い世代の価値観と新しい世代の価値観が衝突する。新しく登場した未知の出来事に対する世間の典型的な反応は、まずは理解したり受け入れることの拒否であり、「怖い」という不安の表明である。一種の防衛本能からくるのだ。その文化的な表現としては、恐怖を描くホラーやオカルトや奇妙なファンタジー、さらにはミステリーの形をとる。正体のわからない不合理な存在を描いたり（ホラー）、不合理な存在や事件の正体が合理的に解き明かされる小説（ミステリー）が流行する。方向性は全く反対に見えるが、

「Amazing Stories」1927年8月号に掲載された“*The War of the Worlds*”の挿絵

不安を捉えるという点でじつは通底している。合理主義的な探偵を登場させたコナン・ドイルが、怪奇小説を書いているだけでなく、妖精の実在を信じたり、心霊術にとりつかれたりしたのも不思議ではない（富山太佳夫『シャーロック・ホームズの世紀末』）。

当たり前だが、ウェルズは当初新しい世代の側にいた。だから、初期のSF小説は、目新しい科学技術がもたらす夢の実現とそこから生じる恐怖とをまぜた内容を持っていた。『タイムマシン』では将来の人間が格差が二極化してしまうことがタイムトラベルで分ってしまう。『透明人間』では透明化技術が、他人を監視し脅迫する技術へとつながるし、『モロー博士の島』では、動物を人間へと改造する術が境界線を脅かし、『宇宙戦争』では空からやってくる科学技術の先端にいる火星人が、じつは破壊者で吸血鬼で、人間を家畜化する。どれも科学技術が持つメリットとデメリットとが交差していた。

ただし、そこで扱われている技術は、描写はされても原理は説明されないので、ファンタジーに近く、現実的ですぐに実現する技術とはかけ離れていた。ウェルズも、「ジュール・ヴェルヌと比較されるが、自分が書く空想は、厳密で科学的な知識に基づいてはいない」と自認していた。有名な例は、重力の遮断で浮上する宇宙船で向かう『月世界最初の人間』であり、月に大気があって月人間が住むなどは、当時としてもさすがに科学的証拠を欠いた設定だった。おなじく、時間を超えて旅をすること、動物から人間を作り出して言葉を教えること、人間を透明化すること、異星人が宇宙船で侵略してきて人類を家畜化すること――どれもが二〇一六年現在実現してはいないし、今後もあまり成功しそうではない。

けれども、ウェルズの作品には、より実現性の高いテクノロジーを扱った小説や評論もある。戦車や飛行機械や毒ガスや原子爆弾といった戦争技術、また食料不足への対策に生物を薬品で巨大化するといった生物学や生命改造の題材である。どれも部分的には行われているし、そうした技術開発での暴走をいかに阻止して、有用な方向に向けさせるのかは、現代でも大きな課題となっている。

この章では、原子爆弾や核戦争を予言した『解放された世界』(一九一四年)と、食料増産のために成長剤を開発して新人類を生み出す騒動を引き起こした『神々の糧』(一九〇四年)を中心に、新しい科学技術が今までの価値観と衝突するのがはっきりと見える作品群を扱う。そこでは、新しいテクノロジーが戦争や生活に及ぼす影響について、ウェルズがどのような想像をしていたのかがしめされる。そして、開発された新しいテクノロジーへの対処、制御、管理についても現在でも示唆を与えてくれるはずだ。

## 戦争ゲームとウェルズ

ウェルズは生涯に渡り、「戦争」に関してさまざまな発言をしてきた。『宇宙戦争』という代表作では、ロンドンとその周辺の郊外を舞台に、侵略してきた火星人とイギリス軍との戦争が描かれる。厳密にいえば、火星人を撃退したのは自分たちの兵力ではなくて、イギリスと地球を救ったのは微生物の力だった。作品の特徴のひとつは、詳細な地形や建物などの地理的情報を小説中に描くことで、戦闘にリアリティを感じさせることだった。

こうした戦争シミュレーション小説を書くほどのウェルズの「戦争」好きの背後には、無類の「戦争ゲーム」好きがある。子供向けに『フロア・ゲーム集』（一九一三年）そして『小さな戦争』（一九一四年）と、自分で考案したゲームを紹介する本を二冊出版したほどだ。第一次世界大戦前夜に出されたせいで戦争とのつながりも深いが、男の子だけでなく女の子も楽しめるのを謳い文句にしている。ウェルズはフェビアン協会にかかわり、フェミニズム運動にも一定の理解があったので、男女の別なく楽しめるゲームを考案したのだ。

前者の『フロア・ゲーム集』は、家庭の床（といってもそれなりの広い床だが）で行なえるゲームをいくつか提案している。実際に息子たちと遊んで実証ずみという触れ込みだった。「すばらしい島々のゲーム」これは北方の文明化された島以外に、さまざまな野蛮人の住んでいる島をもった多島海を描き、それぞれの島を文明化するゲームだった。また「都市の建設」では、都市が「ウィンブルドンとロンドン」や「ブタとペシュト」のように対となって発展してきた、と主張して、赤い壁と青い壁で囲まれた二手にわかれて、相互に勢力を伸ばして競ったり戦ったりする。どちらのゲームも「野蛮」を文明化する使命を帯びているのが、教育的であり、しかも二人の息子が争うことができるように、ウェルズはうまく調整していたのだ。

さらに、おもちゃの列車の外装が壊れたら、剥がして内部機構をむき出しに走らせる。この遊びをウェルズは「レクトリック」と呼んで推奨するのだが、機械仕掛けだけで走るおもちゃを「肉体のない魂」と呼ぶ。目に見えるメカニズムを喜び、目に見えない魂のような神秘性を承認しないウェルズの発想がそこにある。機械に対しても、どこまでも解剖学的な生物学の発想で理解するのだ。

次に出版した『小さな戦争』は、文字通り戦争ゲームの説明書である。内容やルールの解説だけでなく、実際に庭で遊んだ様子を妻が撮影した写真も多数掲載されている。しかも、陸軍の士官が練習用にやっている「兵棋」とは異なるとわざわざ書き、「大戦争（第一次世界大戦のこと）」に対して「小さな戦争」だとしている。そして「兵棋」では「ひと手」ごとに審判が入るせいで停滞して退屈なのとは異なり、実際の戦争のようにきびきびと事態が進むのを特徴としていた。

このように戦争をゲームへと置きかえることは、戦争をゲームとみなすことにつながっていく。イギリスは十九世紀におけるロシアとの中央アジアでの覇権争いを「グレート・ゲーム」と呼び、インドへ侵攻するロシアと敵対して何度か実戦も交えた。そのうちの第二次アフガン戦争で一八八〇年に負傷して退役し、ロンドンでの住まいを探すなかで、ホームズと同居することになったのが、元軍医ジョン・ワトソンだった。この設定がリアリティを持つほどに、『ストランド・マガジン』の読者にはおなじみの話題だったのだ。現在のイギリスはロシアとの「ニュー・グレート・ゲーム」の段階にあるとされる。

ウェルズは戦争をゲームとみなす見方を引き継いでいる。そして、家庭で遊ぶゲームから世界人権宣言につながるサンキー宣言まで、さまざまなルール作りに余念がないし、戦争をゲームとして捉えるのにもためらいがない。しかもこれは、自然選択を重視する「進化論」という生物のゲームに、人間社会の歴史を重ねる発想とも結びつくのだ。自然史と人類史を統一して把握しようとするのが、ウェルズの立場であり、『世界史概観』（一九二〇年）が、地球の誕生や地質の説明から始まるのも不思議ではない。

## 戦車と飛行機械

敵を上回るために、戦争においては戦略や戦術にさまざまな工夫を加えるわけだが、ウェルズが注目したのは、効率よく殺戮する方向に「進化」する兵器だった。そして新しいテクノロジーの導入によって戦争の様相が変化する点だった。十九世紀から可能性が追及されてきた発明品が、二十世紀に入って実戦配備されていく。戦車、有翼の飛行機、毒ガスや細菌兵器、そして原子爆弾――なかでも戦車が新しい武器の可能性を持つとして、「陸の甲鉄艦」（一九〇三年）という短編を発表した。フランスで戦車のひな型が誕生したのが同じ年なので、まさに予言的な作品となった。

従軍記者が新しい兵器が登場した戦闘を観る話で、「戦車」の実戦配備を取り扱っている。塹壕で敵とにらみ合っているだけの状況に、記者が「これでも戦争かね」と質問すると「ゲームみたいなものだ」と若い中尉が答えるところから始まる。そこに登場したのが侵略側の戦車だった。「巨大でぶかっこうな真っ黒い昆虫」のような姿をして、「一個の知性をそなえた生物」のように、次々と周辺の兵士を殺す兵器なのだ。ただし、移動する装置は、キャタピラー（芋虫）ではなくて、次々とペダルのような足が回転する方式で、ウェルズは後に自分の発明だと力説した。戦車を指す「タンク」という英語の名称が、「水槽」に見立てた暗号名に由来するように、秘密兵器として開発され、第一次世界大戦には各国が投入することになる。

戦車の外観だけではなく、殺戮の武器の実戦についてもウェルズの細部を描く想像力は卓越している。戦車のなかの暗い部屋にいる射手は、分割コンパスの照準器を持ち、目の前の小さな映像にあわせて、「射撃の目的を見つけると、その人間を二線の交点にもっていって」、射撃用の「押しボタンを指で押す」と相手は命を失っている。鉄の装甲板を持つせいで相手にも接近できて、余裕をもって狙えるおかげで、百発百中なのだ。ディスプレイ上の照準器に合わせて殺すのであって、互いに顔を見合わせて戦うことがなくなってしまう。これは戦闘の大きな変化である。

後にウェルズは、第一次世界大戦中に発行したパンフレット『戦争とその未来』（一九一七年）で、イタリアやフランスでの戦線の現状について説明し、「大戦争」の行方についての予想もおこなっている。そのなかの「西部戦線」に関する第二章にわざわざ「タンク」というセクションを設け、自分が予測していた武器がフランス軍によって実戦配備されているようす、さらにイギリスでの開発状況などに関するレポートをしていた。もちろん、十年以上前に「陸の甲鉄艦」で自分が予言していたと誇り、今後の戦況を変えることを確認していた。

けれども、この「陸の甲鉄艦」で重要なのは、じつは臨場感あふれた戦車攻撃の紹介ではない。ウェルズは、新しい武器が操作する兵士の質を変えることをしめしていた。正確にいえば、騎兵や自転車部隊を構成するのと異なるタイプの兵士でないと、戦車のような新型の兵器を操作できないのだ。歩兵や騎兵を育てるという従来の陸軍の新兵の訓練方法では、新しく導入された機械を操作する兵士は生み出せない。これは、第一次世界大戦でイギリス陸軍が戦車を導入するときに生じたジレンマだった（ファレル&テリフ編『軍事的変化の源泉』）。

こうした近代兵器を操縦する兵士には、騎兵のような肉体派ではない資質が求められる。従軍記者は、操縦していた若い彼らを退化した人間と考えたのだが、戦場でも愛国的な興奮をせずに、理性的なままで「帳簿を記入する優秀な計理士のもつ、機械的な正確さをもって、彼らは、ノブを動かし、ボタンを押した」とウェルズは説明する。感情を抑制し、計算づくで効果的に殺すように訓練された知的な若者たちなのだ。敵が戦場で興奮していることに対して軽蔑的な態度をとっていた。彼らは『宇宙戦争』における火星人にも似ている。火星人は機械に依存して、地球の重力にあえぎながらも、三本足の戦闘マシンを操って地球人を殺害していった。そこを支配しているのは、冷静な態度と冷酷な計算だけなのである。

しかも、防衛軍の武骨な田舎者と、侵略軍の華奢な都会人とが対比されている。陸軍の主力が歩兵や騎兵という従来の常識ではとらえられないわけだ。このウェルズの見方は、同時期に起きていたロバート・ベイデン（バーデン）＝パウエルの「ボーイ・スカウト運動」の反転像かもしれない。ベイデン＝パウエルは、南アフリカでの戦争体験で、イギリス兵の体力や資質の低下へ不安を持った。そこで、「スカウト（斥候）」として、未来の兵士となる少年たちを鍛えるのが、ベイデン＝パウエルの目的だった。その考えが、アメリカに渡り、野外活動やキャンプ（野営）の技術と積極的に結びついていった。アメリカでの理解者の一人が、西部を歩き回る動物作家のアーネスト・シートンだったのも不思議ではない。ただし、ウェルズはベイデン＝パウエルが見ていたのと同じ若者の状況に対して、質的に変化した人間の登場のほうを望んだのだ。単に体力を増強するだけでは、新しい時代の戦争には対応できないのだ。

## 空中戦と毒ガス

陸戦以上に大きな変化を遂げたのは、『宇宙戦争』でも明らかな空からの侵略や攻撃である。SF小説の先駆者であるヴェルヌは、デビュー作がアフリカのナイル川探検を描いた『気球での五週間』（一八六三年）だったことでわかるように気球の時代の作家だった。しかもヴェルヌは、『海底二万里』（一八七〇年）のような潜水艦小説を書いたり、『洋上都市』（一八七一年）で巨大な船を扱ったりと海や船に想像力を伸ばしていった。

それに対して、ウェルズは、ライト兄弟による一九〇三年の初飛行以降の航空機の登場を、戦争の新しい段階として理解していたが、ヴェルヌのように海へと想像力を開花させることはなかった。この空からの立体的な俯瞰の視点を獲得したことで、ウェルズは地球規模での把握ができるようになった。そして、航空機によるネットワークや、空からの攻撃が社会や戦争を改変することを了解していた。

たとえば『空中戦』（一九〇八年）は、気球や飛行船ではなくて、第一次世界大戦で活躍することになる有翼の飛行機による戦いを描いていた。実際にオーストリアの技師ヴィルヘルム・クレスが、模型飛行機から、皇帝のフランツ・ヨーゼフから援助を受けて一九〇一年に水上機を飛ばすが、失敗した話ともつながっている。ケレスは内燃機関を動力に考えていて、その後の飛行機に大きなイメージを与えた。人力ではなくて、動力による飛行の可能性が開けたのである。

そして、イギリス人の主人公が開発した飛行機械の発明をとりこんだドイツがアメリカと戦い、さらに日清戦争、日露戦争という世界情勢を踏まえて、「イースタジア」という日本と中国の連合国とアメリカが戦うことになるのだ。そうした戦争が可能なのも、飛行機械によって直接対決ができるようになったせいだと説明されていた。

さらに、航空機だけでなく、空から到来するものとして「毒ガス」の実用化や実戦配備が迫っていた。一八九九年のハーグ条約で使用が禁止されたにもかかわらず、第一次世界大戦では大きく活躍する。市民の間にも毒ガスマスクがありふれ、当時は明かりにガス灯を使っていたが、ガス会社にたいする不安や嫌悪も生じたほどだ（ジラード『奇妙でおぞましい武器――第一次世界大戦の毒ガスへのイギリスの反応』）。

毒ガスの恐怖を想像的にとりあげたのが、『彗星の日々』（一九〇八年）だった。これは短編小説の「星」以来の接近ものの一つである。ただし、緑の彗星がもたらしたのは、地球をユートピアな世界に変えることだった。こうした彗星の接近は、一九一〇年のハレー彗星騒動で、にわかに真実味を帯びたし、日本でも空気がなくなるのではないか、という騒動が起きた。

コナン・ドイルは『失われた世界』（一九一二年）で始まるチャレンジャー教授シリーズの続編として、『毒ガス帯』（一九一三年）を発表した。当時実在が信じられていたエーテルが、死をもたらす「毒ガス」となって地球を襲う。これは自然が招いた一種の浄化作用だとして、酸素ボンベを用意して室内で生き長らえたチャレンジャー教授たちも、死を覚悟することになる。結果として全人類が二十八時間眠っていただけ、というのが結末だった。空から降ってくるものが、悪の毒ガスなのか、それとも善の睡眠ガスなのかはわからないという描き方だった。

戦う兵器や技術の変化、航空機などの発達による戦争技術の変化、空の彼方からやってくる善や悪によって地球の運命が変わる——これだけの準備があって、天から地上へと破壊兵器としての原子爆弾が落ちてくる、というイメージが形成される。ウェルズといえども、いきなり核戦争のイメージを思いついたわけではない。他から情報やイメージを吸収しながら、自分の小説群のなかで育ててきた発想を結集したのだ。

## 2　原子爆弾と最終戦争

### 原子エネルギーの戦争と平和

ウェルズの書いたSF小説のなかで、現実社会に大きなインパクトを与えたのは、第一次世界大戦が始まる一九一四年に発表された『解放された世界』（アメリカ版のタイトルは『最終戦争』）だろう。『空中戦』で描いた飛行機による空中戦からさらに一歩進んで、飛行機を使った爆弾投下になっている。しかも、ヴェルヌの『悪魔の発明』（一八九六年）も、新型爆弾の発明をめぐる冒険小説だったが、その中身はニトログリセリンの延長で、ダイナマイトのレヴェルの破壊力だった。都市一つを崩壊させるという原子爆弾のイメージはそこにはない。

それに対して、ウェルズの作品では、原子エネルギーの利用が想像され、航空機で相手の都市に原爆を投下する核戦争が登場し、最終戦争後には新秩序として世界連邦を作る話となっている。国際連盟のモデルとなる組織体が姿を見せる。原爆は実際には、第一次世界大戦ではなくて、第二次世界大戦で使用されたのだが、理論的な可能性が具体的に理解できるように書かれている。この小説はウェルズの後半生を彩る「議論小説」の典型なので、少し詳しく紹介しよう。

「太陽をつかむもの」と題された序章は、「人間の歴史は、外的な力を獲得する歴史である」と始まる。道具やエネルギーと人間との関係の歴史がたどられ、蒸気エネルギー、電気エネルギー、そして原子エネルギーと変遷してきた。重要なのは、ウラニウムがラジウムへと崩壊する時にエネルギーが放出されることだった。ここでの「解放された」というのは、燃焼とは異なるタイプの物質のエネルギーの解放である。その原子エネルギーのおかげで、人類はさまざまな社会的な制約から解放されるというのが、ウェルズの見立てだった。

第一章の「新エネルギー源」で原子力はまず平和利用となったのだ。ホルステンが解放するアイデアを思いつき、その二十年後に「ホルステン・ロバーツ・エンジン」という原子力エンジンが開発され、航空機に利用される。原子力が社会に浸透し、石炭や石油のエネルギー産業は衰退し、原子力鋲打ち機などの登場で大量の失業者が生まれる。そして、バーネットという階級を転落し、失業者となった男が登場する。この小説は、焦点が当たる人物が次々と交代していくことで、多面的に描きだそうとしている。バーネットは、物乞いをするほど飢えた状況にあるのだが、それを変えたのが、中欧の国のスラヴ諸国への侵入と、フランスとイギリスの宣戦布告によるヨーロッパでの戦争の勃発だった。戦争が開始され、兵士となれば食事が確保されるので、バーネットは生き長らえる。

そして、第二章の「最終戦争」で、いよいよ原子爆弾による戦争が語られる。この場合は、飛行機から爆弾を手で投下するタイプで、いきなりパリが攻撃される場面が出てくる。すべて

第一次世界大戦中の航空機

が吹き飛び、報復としてベルリンが三個の爆弾によって壊滅してしまった。オランダ上空で決戦となる空中戦が行われ、原子爆弾も使われたあと、ようやく停戦となる。バーネットは「原子爆弾は、いろいろな国際問題を全く無意味にした」と手記に残している。世界の大都市の二八〇箇所が赤い火を吹きあげたのだ。まさに核戦争のイメージである。

第三章の「戦争終結」は、スイスのブリサーゴで開かれた講和会議のようすが描かれる。そのなかで、イギリス王のエグバートは、世界連邦のために、王権を制限することを提案する。「王とか、支配者とか、代表者とかが、そもそも諸悪の根源だった」とし、原子爆弾によって「古いゲーム」は終わったと考えるのだ。ここにはプラトンを若いときに読んで感動した共和主義者としてのウェルズが顔を見せる。「世界国家」を「新しい共和国」と呼ぶようにアメリカへの期待が語られる。

第四章の「新局面」はブリサーゴ会議後の歩みが語られる。人口密集地が住民ごと吹き飛ばされたので、生き残った人々は田園地帯に散っていった。原子力は平和利用に限定され、地球全体をひとつの国家とみなす発想が選ばれる。そこでは人類が「開花期」を迎えて、半数が芸術を生み出すようになるというユートピア像がしめされる。

第五章は「マーカス・カレーニンの最後の日々」となり、教育委員会のリーダーの死が扱われるが、ロシアからイギリスに来た男が、明らかにマルクスとレーニンを足した名前を持つのは偶然ではない。ボルシェビキとメンシェビキの台頭などはすでにあったのだが、ロシア革命自体はまだ起きていなかった。それでも、ウェルズは期待もこめて、この名前を採用したと考えられる。死を迎えようとしているカレーニンが、若者たちと、男女の平等などの「世界国家」でも乗り越えられない問題について議論をする。原子爆弾がきっかけとなって変化した世界を肯定し、「人類は永遠に夜明けに生きるものです。生命はいつでもはじまりです」というのがカレーニンの結論だった。

それにしても、ウェルズが「半減期」を正確に理解していて、人工元素のカロリナムの原子爆弾が投下された場所には、いまだに光る物質が残り、パリやロンドンの中心は「放射能で皮膚がやられる」ので近づくことができない、と被害が持続する点をきちんと書きつけているのが注目に値する。原子爆弾はその瞬間の破壊力だけでなく、その後もエネルギーを放出することで、危険な戦闘状態が続いているわけだ。もちろん、原子爆弾が生物の遺伝子に影響を与えて後遺症を引き起こす点にまで、ウェルズの考えが至らなかったのは、生物学的な研究や知識がそのレヴェルにまで到達していなかったからに他ならない。

## 戦争を終わらせる戦争

ウェルズが『解放された世界』で描いたのは、原子爆弾による壊滅的な破壊をもたらすことを体験すれば、世界は戦争を起こすことを中止して、その後「世界国家」が到来するという図式だった。後のユートピア小説群にこの図式は引き継がれていくのだが、それに関しては次章で触れるので、ここでは「戦争を終わらせる戦争」という「最終戦争」論について考えていくことにする。

ウェルズはわざわざ『戦争を終わらせる戦争』という論集を『解放された世界』と同じ一九一四年に公表し、そこで「大戦争＝第一次世界大戦」が最終戦争となることを提唱していた。このスローガンは独り歩きしてしまうのだが、重要なのは、ウェルズのなかでは、「国際連盟」の提唱と表裏一体となっている点である。実際には第一次世界大戦後には、戦勝国の側の連合体が、敗戦国側に多額の賠償を負わせる形で、経済的な疲弊を誘導してしまうことで、次の戦争の火種が芽生えていく結果となった。

「ドイツ帝国主義」と戦うためには、「自由」を掲げた西側（この場合はドイツが東側となる）の連合が必要で、ドイツに対する警戒が肝心だとされる。『空中戦』でもドイツと折り合いがつかない状態を、「東は東」というキップリングの詩の一節を持ちだして説明していた。これは実際にアメリカの原爆開発のマンハッタン計画に賛同したり、実際に計画の中核にいたのが、アインシュタインをはじめ、ドイツやオーストリアから逃れてきたユダヤ系科学者だったことからもわかる。このことによって、ドイツでの原爆製造能力は低下した。

けれども、ナチス・ドイツの科学技術力は脆弱だったわけではなく、ルール工業地帯は、豊かな水で発電や化学工業が発達していた。痩せた土地を豊かにするための人工肥料だけでなく、火薬や武器の製造につながる工業力が、統一されたドイツの国力の基盤となっている。普仏戦争以降のドイツ脅威論の裏づけに他ならない。ウラニウムの精製にも化学的な知識や管理技術が必要となる。そして、ホスゲンなどの毒ガスを製造するのも化学工業力だった。原爆よりも簡単に製造できることを、私たちは一九九五年の地下鉄サリン事件で思い知らされた。そのため、第二次世界大戦では、イギリス空軍によるルール地方のダム空爆が行われ、これはドイツの武器製造能力を低下させた。

ウェルズの最終戦争論は、宗教の対立が解体するなど「ハルマゲドン」のような白黒の決着をつける「聖戦」として、戦争そのものを肯定する意見へと転じる可能性を持っている[1]。戦争テクノロジーの発達において、ウェルズは原爆を究極兵器と考えたのだが、実際にはピンポイントを攻撃するミサイルや、遠隔操作する無人兵器などが開発され、小さな戦闘を積み重ねることにより戦争が長期化する方向へと流れてきた。だから、ウェルズとは異なった「終末後」を描く小説群が登場することになるのだ。

## 終末物の系譜のなかで

ウェルズが『解放された世界』で想像したのは、戦争後に人類は反省して「国際連盟」のような連合体を作ることだった。実際に原子爆弾の戦争利用を行なった後に「国際連合」はできたが、とても理想的な状態とは呼べず、「国連軍」という独自の軍隊まで備えているのだが、常任理事国による拒否権などによって、全体の意思の統一がとれない組織体だった。

実際に原爆を投下したことを見届けてウェルズは一九四六年に亡くなったのだが、第二次世界大戦後に到来した世界は、米ソを中心とした冷戦状態にあり、ウェルズが考えた「世界国家」の到来のような結末とは異なった。そして核戦争による「終末」や「終末後」を描く作品がたくさん登場する。意地の悪い見方をすると、ひょっとして、原爆が、『解放された世界』のように、お互いの首都を殲滅するといった形で使用されなかったせいなのかもしれない。それでも、「原爆小説および核戦争小説」の始祖として、ウェルズを考えても間違いではないだろう。

核戦争を描いたイギリス小説として、オーウェルの『一九八四年』とともに、特筆すべきなのは、ウィリアム・ゴールディングの『蝿の王』（一九五四年）である。これによって彼はノーベル文学賞を受賞した。『ゴジラ』と同じ年に発表されたこの作品は、第三次世界大戦の勃発で避難する途中で墜落した飛行機に乗っていた少年たちが、互いに対立し、殺し合いを始める様子を描いている。会議の発言のときに使われるホラ貝が象徴する民主主義的な形式が、しだいに武器を使用する集団への分割によって、残虐さを増していく。彼らが倒した豚の頭が飾られ、それが聖書に出てくる「蠅の王」に見立てられ、原始的なメンタリティが復活してくる。閉ざされた島を舞台にしたことによって、一種の実験室として善と悪の問題が検討されるのだ。

少年たちがしだいに文明の服を失い裸になっていき、「野生の復活」や「退化」というウェルズが忌避したかったものが噴出しているといえるだろう。そして、相争う少年たちには、モデルとなった楽しく島で過ごすバランタインの『珊瑚礁』(一八五八年)や、対立があっても殺し合いとはならなかったヴェルヌの『十五少年漂流記(二年間の休暇)』(一八八八年)のようなどこか牧歌的な色合いはない。そうした牧歌性を剝ぎさる力を与えてくれたのも、『解放された世界』の前半のように、過酷な状況を描くことができたウェルズのおかげだった。最後に船で島にやってきた兵士たちによって子供たちは救出されるのだが、そこには救済された喜びだけではない不安がこもっていた。

核戦争によって人類が反省する前に、全員が滅亡するというイメージを一般に広めたのが、ネヴィル・シュートによる『渚にて』(一九五七年)である。これは「ハルマゲドン」以来の最終戦争のイメージが激しい戦闘で終わるのとは対照的に描かれている。北半球を襲った核戦争による死の放射能が気流に乗って、数少ない生存者のいるオーストラリアなどへと南下してくるというものだ。戦争そのものは、間接的にしか描かれないが、しだいに北から通信が途絶えていく。

たまたまオーストラリアに逃れていたアメリカの原子力潜水艦「スコーピオン」号は、ガソリンも欠乏している状況のなかでも、皮肉にも原子力が動力だったおかげで、アメリカ本土などに生存者を探しに出かける。そして、最後には、艦長は船を丸ごと沈めて、一緒に自分も水葬にしてしまう。ここでは多くの人が死を自分で選ぶし、自暴自棄の自動車のスピード狂も出てくる。それでいて、イギリス小説らしく、鱒釣りの解禁日をルール変更して前倒しにするかどうかの議論をするとか、人間より生き残る動物は長年退治しようと躍起になってきたウサギだ、といった諧謔味が混じって終末の日々が語られる。

飛行機技師でパイロットだったシュートは、作家になったあと、戦後にオーストラリアへと移住した。それが、『渚にて』での科学的な記述と、オーストラリアという「対岸」での人間たちの行動を見守る冷静さとつながっている。タイトルはT・S・エリオットの詩から採られ、世界は地軸が外れてバーンと一気に崩壊するのではなくて、めそめそぐずぐずと壊れていく、という内容だった。緩慢な死を迎える人類のようすを描く詩だが、こうしたイメージ自体が、他ならないエリオット本人がウェルズの『タイムマシン』などに共感したせいで記述しているのだ。

こうしたイギリス文学の主流にも入る古典的な作品だけでなく、とりわけ冷戦期には、核戦争後の世界を想定した「終末物」は世界中で数多く描かれてきたし、被爆国である日本はある意味で「核戦争後」を体験したともいえる。そのため、筒井康隆の『霊長類　南へ』(一九六九年)のようなSF小説ばかりでなく、マンガやアニメでも定番ネタとして作られてきた。多くが核戦争を防ぐ話ではなくて、その後を描くものである。冷戦から冷戦後の二十世紀末までの代表的な作品を挙げても、オーストラリア映画の『マッドマックス』(一九七九年)に影響を受けた原哲夫の『北斗の拳』(一九八三―八八年)があるし、宮崎駿の『風の谷のナウシカ』(一九八四年)では「火の七日間戦争」として破壊が描かれた。士郎正宗の『攻殻機動隊』(一九八八年)も核戦争後の話である。また、大友克洋の『ＡＫＩＲＡ』(一九八二―九〇年)は新型爆弾で東京が壊滅する話だが、そこにあるイメージは広島長崎の原爆投下だろう。こうした作品群も、ウェルズ的な主題を変奏しつつ、その後に登場するのはユートピアではなくて、ディストピアだとする立場を採用していた。

## 3　神々の食物と巨大化

### 生態系を変える巨大化

戦争に関連する兵器の機能が「進化」するにつれて、対応する人間の知覚や能力も変化せざるをえない以上、人間の身体能力そのものを直接改造するという発想も生まれてくる。『モロー博士の島』で、獣人たちは島とともに残り、イギリス社会には影響を与えなかった。『透明人間』は個人が変貌したのだが、その秘密は透明人間狩りの最中に行方不明となってしまった。そうした影響はあくまでも地域社会に限定され、ロンドン周辺はパニックとなったが、地球規模ではない。確かに『宇宙戦争』では、被害が地球の大都市に広がるが、それは火星人という地球外の敵との関係で生じたもので、あくまでもロンドン周辺の戦闘の話だった。人間生態学へと関心を寄せるようになったウェルズは、もっと広範囲での生物改造と世界の「環境」への影響を『神々の糧』（一九〇四年）で扱った。

冒頭で、十九世紀に「科学者」という新しい人種が生まれたことが説明される。化学者のベンシントンと生理学者のレッドウッドの二人が主人公で、彼らは専門領域以外では平凡で人間関係も狭いが、携わる領域そのものは大いなる可能性を秘めている。そのギャップに気づかないというわけだ。しかも、一般人は誰も二人を直接見かけた者がいないのにも関わらずメディア内では有名だった（ラジオもテレビも登場していなかったので、新聞や雑誌で知るだけだったが）。

「科学者」という新しい役割が、社会内の職能集団として定着していく。生物の成長に関する生理学者レッドウッドが論文に発表した着想を、化学者ベンジントンが化学合成によって実現したのである。理論と実験の担当が分化している点や、レッドウッドはロンドン大学の教授で、ベンジントンは前の化学学会会長だったというのも、フランケンシュタイン博士のように単独で孤高の「狂った科学者」とはかけ離れた姿をしている。学士院の会員である二人が意気投合した動機には、科学的な追及だけでなく、成功すれば「売れるぞ」という経済的な欲望も隠れていた。

第一部は「食物の誕生」となっていて、牛を使った実験で忙しいレッドウッドに代わって、ベンジントンは、最初オタマジャクシでの実験を考える。同居している従妹が家での動物実験に反対したので、郊外に借りた実験農場のヒヨコで試すことになった。飼育係の管理がずさんだったおかげで、「ヘラクレオフォービア」と呼ぶ成長剤が入った餌を食べたヒヨコだけでなく、おこぼれにあずかったスズメバチからハサミ虫やネズミまでもが巨大化していくのだ。餌が足りなくなった巨大なヒヨコは、近所の猫を食べてしまうほどの食欲をしめす。

その成長剤（ただし、成長過程にあるものだけを刺激し、成人には影響を及ぼさない）が、周辺の植物から動物までの生物相を変えるし、相対的に人間は小さくなってしまうのだ。明らかに小人国や巨人国を訪れる『ガリヴァー旅行記』や、キノコを食べて巨大化する『不思議の国のアリス』というウェルズの好きな作品とつながっている。

巨大なスズメバチが大英博物館にまで飛来し、さらに小型のダチョウほどの大きさに成長したヒヨコが実験農場から逃げ出して、町の中を闊歩することで、もはや周囲に隠せない騒動となってしまう。そこに、知り合いの土木技師のコッサーがやってきて、スズメバチやネズミを退治する実力行使を提案し彼らは決行する。コッサーは土木技師らしく現場での破壊作業にも慣れているので、てきぱきと指示をして、チームを率いていく。科学者二人には思いつかない巨大生物との戦いだが、これは火星人との戦いとは異なって、人間の側がライオンを撃つ猟銃や硫黄などの爆破物を使って、実験農場を襲撃するのだ。

　レッドウッドとベンシントンの二人は、これによって証拠隠滅をどうにか図ったつもりだった。ところが、かえって、ヘラクレオフォービアのことが知れ渡り、社会に知られるようになる。世間はむしろ「ブーム・フード」としておもしろがり、新聞や雑誌で大騒ぎとなるのだ。そうした状況を二種類の人間が利用しようとする。

　その一人は、レッドウッドの家の主治医で、こっそりとヘラクレオフォービアを彼の息子に飲ませたウィンクルズである。二人の科学者とは対照的に好男子で、「安全性」を謳い文句にして、にわか専門家として講演会をこなしたり、『ブーム・フードに関する真実』といったパンフレットまで出す始末だ。メカニズムについて十分理解せずにいつしか権威となっていくのである。世間では、発明した二人の科学者ではなくて、ウィンクルズの意見を聞くようになる。そして、ウィンクルズは、さる筋から頼まれたとして、背の低いさる王女に与えることまで実現してしまうのだ。

　もう一人はケイターラムという政治家である。この男は全面禁止派で、不安をあおることによって、政府の中枢に上るという野心を持っていた。政治利用のためには、「ブーム・フード」が何であるのか、という理解はどうでもよいのだ。ウェルズは科学技術の周辺に湧いてくるインチキ専門家や政治家といった社会的な影響についてもよくわかっているのだ。現在でもさまざまな発明発見や科学技術の応用のときに、こうしたタイプの人間との関係が生じてくる。それは科学技術を社会的にあるいは政治的に利用するときに生まれる危険性の指摘である。

## 新しい人類の誕生

成長加速剤のヘラクレオフォービアが、自然界の動植物ばかりでなく人間までも巨大化させたせいで、人間社会内部の問題となってくる。レッドウッドの息子は主治医に飲まされたせいで巨大化し、その後は成長曲線を測定する「人体実験」の対象となったし、土木技師のコッサーの三人の息子たち、それから背の低い家系の王女にも与えられていた。階級を超えた人間にも与えられたせいで、巨人族があちこちに誕生することになる。それ以外にも、「ブーム・フード」として人気が出て、積極的に摂取するブームが起きる。そして、作用した彼らが、六倍から七倍の巨人として成長を遂げたときに、周辺の人間たちとの軋轢が生じてくる。

第二部は「村での食物」と題されている。この食物は、さまざまなところへと浸透していって、世界中に広がった。典型例としてその一つのエピソードをとりあげるものだ。実験農場の管理人の妻だったスキナー夫人が、近くの村に住む娘のもとに逃げ出したときに、缶に入ったヘラクレオフォービアを持っていった。彼女は赤ん坊だった孫に与えたので、しだいに効果が表れてくる。そして、「民主主義、高層建築、自動車、アメリカ、大衆の読書」といった新しい傾向に反発し、植物観察に夢中の牧師や、十八世紀の考えにかたまった地主である貴婦人な

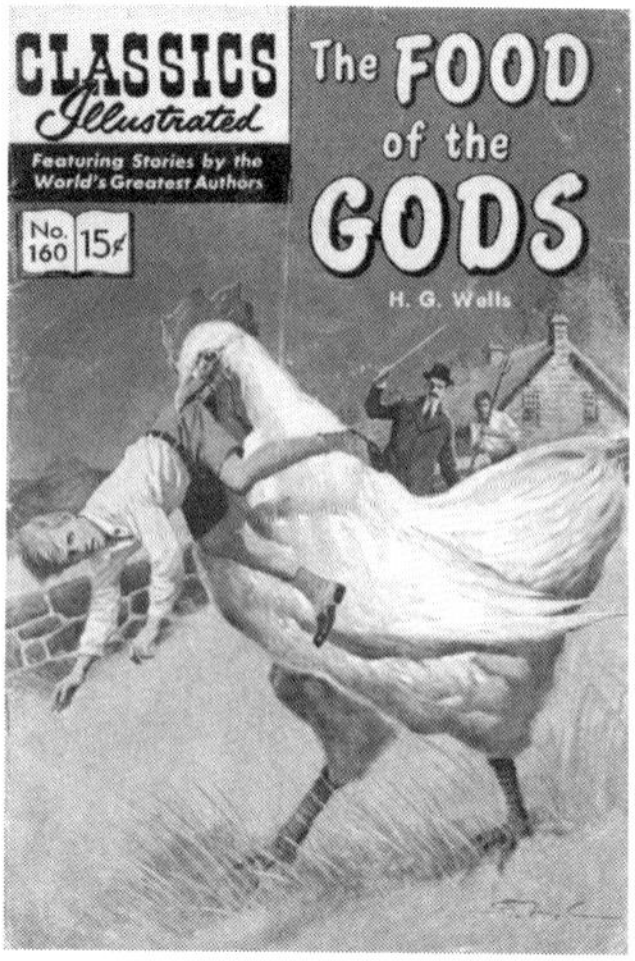


アメリカ発、世界の名作を漫画で紹介した“*CLASSICS Illustrated*”でも『神々の糧』は紹介された。

どの保守的な人々が、巨大化する赤ん坊をもてあますことになる。ウェルズの意図は、『透明人間』の場合と同じように、騒動を通じて小さな村をイギリス社会の縮図とすることだった。

巨人にさせられた男の子は、身体が大きくなるだけでなく、次の段階に進んでいった。牧師が道徳的な断片を教えたり、地主の貴婦人が義務から食事を確保していたのだが、自分で稼ぐようにと働かせるのだった。そして、十五年が経過すると、しだいに周囲の世界に疑問を持ち始める。その問いは、身体と同じくふくれあがり、「なぜ働く者と働かない者がいるのか」とか「自分には相手となる女子がいないのはどうしてか」のように親や牧師の手に余るものとなる。十八世紀以来の価値観を守っている保守的な人々は、新しい流れを理解できないまま、死んでいってしまう。進化が個体の一生のなかでは起きずに、世代によってしか生じない以上、ウェルズは世代交代という点に注目するのだ。

第三部は「食物の刈り取り」となり、二十年後の世界が舞台となる。巨人たちも大人になり、一種の封じ込められた状態になっている。巨大化した王女がやってきて、レッドウッドの息子と恋愛関係となるが、そこからは後継者が誕生する可能性が垣間見えてくる。そのため、人間と巨人との間に対立関係が生まれ、ケイターラムが掌握する政府と巨人たちの間で戦争が始まる。殺されもするのだが、巨人の側は「ブーム・フード」をロンドンに打ちこんでくる。それによってさらに蔓延するのだ。そこでレッドウッドが交渉役として、息子たちに会いにいく。最終的にケイターラムが提唱したのは、巨人たちにアフリカかどこかの国に移住してもらうことだった。ここには、「棲み分け」や「封じ込め」で事態を解決する発想がある（フランケンシュタインの怪物がアメリカ大陸に逃げようと考えるのともつながる）。

それに対して、巨人たちは、「成長し続ける」のだと言い、成長加速剤が、身体だけでなく頭脳にまで作用してくる。それは新しい知性が芽生える可能性を告げるし、進化論を適用した場合に、現在の人類の内部から新人類が生まれてくる図式を認めざるをえないことになる。そして、「退化」を防ぐために、自然選択ではなくヘラクレオフォービアのような人工的な物質による介入もありえるわけである。

「ブーム」となって、多くの人が食べたのだが、成長が終わった者には効果を発揮せずに、すべての子供が巨人になれたわけではない。そういう意味で、人為的な選択ともつながるのだ。発現は偶発的だが、薬を与えるという意味で人為的なのだ。最後には、巨人（新人類）が人間（旧人類）を追い越していくイメージが、さらに地球の外や星空と結びつけられている。最終的には地上に彼らの居場所がなくなる。副題が「どのようにしてそれが地球にやってきたのか」

となっているのも、まるで神の贈物のパンドラの箱を開けたように見えるからだ。この結末は、一度起きた出来事が前の状態に戻せないという意味で悲観的だが、それを契機に新しい未知のものが生まれるという意味で楽観的でもある。

## 4　暴走するテクノロジーを管理する

### 暴走する科学技術

実現可能な近未来についての話は、単なるホラーではなくて、リアリティを持った危険性を感じさせる内容を持つ。結局のところ、『解放された世界』や『神々の糧』で問われているのは、新しい技術開発のプロセスと、それをどう管理するかの問題だった。科学的な着想を現実的に応用する手法として、テクノロジーを捉えるならば、どこまで人間の手で管理するのかが問われるわけだ。

『解放された世界』では、原子爆弾につながるエネルギーを解放する方法を、未来の一九三三年に見つけるとされるホルステンは、「この研究成果はまだ公表する段階ではない」として、「賢者の秘密協会」に委ねようとした。これは知的エリートだけが、秘密を守って、正しく使えるという理想論からだった。だが、結局はそれぞれの国が原子爆弾の製造を開始して、相手国の首都に投下するという愚行を重ねる。

現実の歴史では、アメリカのマンハッタン計画のように秘密裏に開発されながらも、さまざまな小説などで、新型兵器としての原爆の可能性について描かれてきたのだ（その一端については拙著『ゴジラの精神史』（彩流社、二〇一四年）で扱った）。もっとも、実際の原爆の使用では、相互的ではなく、日本にだけ一方的に投下されたわけだが。冷戦を支配した核戦争の恐怖は、ウェルズがすでに『解放された世界』で描いたイメージの延長上にあった。

『神々の糧』では、ずさんな管理をしているが、それは実験農場のスキナー夫妻だけではない。やはり科学者の助手も試料を始末しないで洗い流して、池の中に棲息するオタマジャクシなどさまざまな昆虫が巨大化する。村で水を飲む子供の口からも広がって、自然界に蓄積して、さらにそれが散開していくのだ。これは現在でも、放射性物質や化学物質や微生物や細菌まで、目に見えないレヴェルの対象の管理が簡単ではないことをしめしている。

ウェルズが投げかけているのは、分業化によって責任があいまいになっていくことだ。専門家としての科学者が共通知を持たないと、ウィンクルズのような知を売りにした学者や、ケイターラムのような扇動的な政治家に食い物にされてしまう。研究に必要な予算を配分するという形をとって、政府に都合よく科学技術をコントロールしようとする。そうした裏事情に関しても、ウェルズはたっぷりと描いているのだ。

しかも、レッドウッドは、わが子を平気で巨大化できたり、実験農場が失敗した理由をこう述べる。科学者はいつも「純粋に理論上の結果をもとめて」研究しているが、偶然「今までになかったエネルギーが加わってしまう」せいなのだ。頭脳内の理論や閉じた実験室では想定していなかった要素が入ってくることで、大きく計画が狂ってくる。もちろん想定不足だったことへの言い訳なのだが、他方で、すべての要素を列挙しては推論や思考操作ができないので、さまざまな現象が簡単なモデルや数値で表現されるのも仕方ない。だが、それこそが実体とずれて、理論が記号化して、ゲーム化するきっかけとなる。

レッドウッドたちの初心から離れたところに結果が出たわけだが、ブーム・フードが自然界に拡散してしまえば、もはや彼らのコントロールの下にはない。実験農場から漏れ出た物質が、世界をゆっくりと変えてしまう。そのおかげで、世界はそれ以前とは異なる世界となってしまったのだ。

## テクノロジーの管理と教育

では、こうした科学技術の行き過ぎや、危険物質の無責任な拡散を防いで管理するには、どのような対処が求められるのか。その点でウェルズが提唱しているのは、「オープン」という態度だった。第一次世界大戦後に出版され、特徴的なタイトルを持つ『公然たる共同謀議』（一九二八年）で、新しい世界秩序を作り出す信念を述べていた。バートランド・ラッセルをはじめ支持者もあり、「アメリカ独立宣言に匹敵する」とみなす意見もある（ウェイジャー『公然たる共同謀議』)。ここにあるのは、人類を「生存競争や戦争を避けられないという悪夢」から解放するために必要な教育や宗教や社会体制への提案である。

オープンな議論や合意を作り出すのに欠かせないのは、「再教育」だとウェルズは述べる。大学から奨学金をもらうほど優秀な成績で卒業したウェルズ本人でも、社会に出た後では知識や常識が足りなかったと述べ、「人類の歴史」、「生命の問題」、「労働と幸福の関係」に関する合計三冊の啓蒙書を書いたおかげで、ようやく自分なりに学べたと告白する。この三冊は、二十世紀初頭におけるバランスのとれた教養のあり方を指している。科学者という専門家集団だけでなく、一般市民もこうした領域に関する知識や理解が求められる。自然や社会の現象に対する理解が複雑化して、素朴な因果関係の説明ではすまなくなり、統計学や確率論といった知識や考えが求められるせいだ。

そして、『世界の頭脳』(一九二九年)では、経済学者のケインズが「専門知に傾倒することの危険性」を指摘しているのを参照し、警告を発していた。ベーコンやディドロを理想視するウェルズなので、そうした危険を回避するために、百科全書派の啓蒙的な理念に賛同するのだ。そこで、「教条主義的でない聖書の役割を世界文化に果たす」ものとして、「世界百科事典」の構想を述べた。アーサー・C・クラークはSF的予言エッセイ集である『未来のプロフィル』(一九五八年)の「空からの声」の章で、衛星回線などを使ってファクシミリによって中央図書館や情報銀行から瞬時に取り寄せることができる、と未来像を語っていた。そして、二十世紀後半には、「WWW」のいわゆるインターネット社会や、「ウィキペディア」に見られる知の共有という形で結実する。ウェルズはそうした現在のネット世界の予言者として評価されることもある。

けれども、ウェルズの構想では、この「世界百科事典」の項目は、専門家によって選ばれ執筆され、総合的で統合された書物となるべきだった。「中国からペルーまで」の世界中で専門教育を等しく受けるのに必要な共通のツールとして、「世界百科事典」を考えている。それは匿名の執筆者が勝手に書きこむウィキペディアのような「集合知」という考え方とはかなり異なっていた。あくまでも専門家集団の手になる啓蒙的な内容なのである。

ウェルズに言わせると、「建物が燃えている」とか「砂漠に置き去りにされた」といった場合には、一般人と専門家とで能力に違いはないが、専門的な知識が必要な問題の解決の時には、専門家どうしのチームワークが思わぬ化学反応を引き起こす。そして、服地屋で働いた自分の経験からなのか、「店員が一ダースでも百人でも質の変化はない」と言い切る。知的なエリート主義と、だからこそその集団には社会的な責任が伴なう、という発想がウェルズにはついて回る。もちろん、同時代の科学者や専門家に、専門外の現代的な知識や理論が欠けているからこそ、ウェルズは「再教育」が必要だと警告しているのだ。

まさしくインターネットがそうであるように、あらゆる技術とその応用には弊害も生じることは明白である。それはエンジンのために開発された原子力エネルギーが原子爆弾となったり、食料増産を目的とする成長促進剤が、巨大な「怪物」を作り出すこととも通じる。マイナスの副産物といえるだろう。だからといって、核戦争や生物の巨大化を避けるために研究開発を全面的に禁止しろ、と考えてはいない。ウェルズは、絶対的な善や絶対的な悪として科学技術をとらえてはいない。『神々の糧』で、巨人青年が自分たちに関して「さらに偉大なものに成長できる」と宣言するが、ウェルズは旧人類にも適用できると考えており、それには理性的な判断が備わっている必要がある。

ヘラクレオフォービアを持ち上げてブームにしてしまう「群集心理」や、戦場での野蛮な「愛国心」による狂熱に対して警戒心を持っていた。それを相対化し、懐疑的な精神を発揮するには、知識や教育が欠かせない。しかも、当事者である科学者や政治家たちだけでなく、実験農場の管理人夫婦や、気味悪がってモンテカルロへと逃げてしまった地主の貴婦人のように階級が異なる者も、無知なままではだめだ、というのがウェルズの立場なのだ。

新しい時代の知識や知見を「再教育」によって備えることで、起きている事態に対する判断力を持ってもらうこと――そのために、ウェルズは小説や評論という表現形式を活用する。これが『解放された世界』や『神々の糧』で、原子爆弾や成長促進剤を扱っても、初期のショックを与えるだけのホラーとは異なった色合いになった理由だろう。そこで衝突するのは、遺伝や本能だけではない、「百科事典」のように共有する記憶を持って変化していく、人類という「種」が抱える問題にいたるのだ。そして、知識や知見の格差を埋めるにも、メディアやインフラを整備する新しい科学技術の知見や応用がさらに必要となる。そうした延長上に、ウェルズは楽天的ユートピアと揶揄されるような彼の「解放された世界」を構想するのだ。

（1）ドイツ留学で学んだ戦史をまとめて、特異な「世界最終戦論」（一九四〇年）を書いた石原莞爾は、興味深いことに、ウェルズと同じく「決戦戦争」と呼ぶ最終戦争のあとにユートピアが到来することを描きだしている。しかも、後に加筆した注記では、ウラニウムがラジウムに分解する熱を利用して暖房にできるといった空想まで紹介していた（『最終戦争論』中公文庫、二〇〇一年）。

〈扱った作品〉
引用翻訳として『解放された世界』には、水嶋正路訳（サンリオ文庫、一九七八年）と浜野輝訳（岩波文庫、一九九七年）を、『神々の糧』には、小倉多加志訳（ハヤカワ文庫、一九七九年）を参照した。原文はそれぞれ、Greg Bear (ed), *The Last War: A World Set Free* (Bison Books, 2001) と *The Food of the Gods* (Victor Gollancz, 2011) を参照した。
「陸の甲鉄艦」は宇野利泰訳で『タイム・マシン』（ハヤカワ文庫ＳＦ、一九七八年）に所収。
コナン・ドイル『毒ガス帯』龍口直太郎訳（創元ＳＦ文庫、一九七一年）
ジュール・ヴェルヌ『悪魔の発明』鈴木豊訳（創元推理文庫、一九七〇年）
ウィリアム・ゴールディング『蝿の王』平井正穂訳（新潮文庫、一九七五年）

ネヴィル・シュート『渚にて』佐藤龍雄訳（創元ＳＦ文庫、二〇〇九年）
筒井康隆『霊長類　南へ』（角川文庫、一九八六年）

# 第6章
# 来るべき
# ユートピアとディストピア

## 1　ユートピア思想家として

## 楽天的なユートピア主義者なのか？

後半生のウェルズ、正確に言えば一九一四年以降のウェルズは紙の浪費をしているだけだ、と痛烈に批判したのは、ジョージ・オーウェルだった。一九四一年に発表した「ウェルズ・ヒットラー・世界国家」のなかで、ドイツやヒットラーを見くびるウェルズの時事的な評論にかみついて、全体主義に対する知見が足りないことと、ナショナリズムについての理解不足を指摘する。ウェルズが人権宣言であるサンキー宣言を作ったり、世界国家を作ろうという理想はいいが、軍隊の現実も知らないし、ドイツやヒットラーのことをきちんと把握していないと批判する。

確かに、オーウェルが攻撃するように、ウェルズの予定調和的な将来に対する見通しの甘さや、服地屋の徒弟からよじ登って手に入れた文筆業という中産階級的な立場を死守する態度を批判するのは難しくない。ただし、オーウェルの批判は、ヴァージニア・ウルフがウェルズたちエドワード朝の作家を時代遅れだと批判したのと同じく、自分の立場を正当化する側面が強い。オーウェルのスペインでの体験からすると、ウェルズはソ連などの全体主義への警戒心も足りないことになる。だが、オーウェルの出身階層はウェルズとも近い中産階級の下なので、成功者に対する一種の近親憎悪とも取れなくはないのだ。

ウェルズが、「サムライ」と呼ぶ科学的テクノクラートが支配する調和の取れた世界（『モダン・ユートピア』）を描いたり、世界国家が自発的に成立すると予言する（『来るべき世界の姿』）のは、あまりにも予定調和的な発想である。こうした科学技術的なユートピアは、日本では「文系無用論」や「理系上位論」を助長する根拠ともなる。数字に基づく合理主義的な判断ができるのは理系だけというわけだ（この面を継承したのがアメリカSFのアシモフやハインラインたちだった）。

しかしながら、3・11における原子力発電所をめぐる科学者の知見の不備や、STAP細胞騒動などで明らかになったのは、科学技術者も高邁で崇高な理想で動いているわけではなくて、補助金の予算獲得などの経済的な理由で動いたり意見を述べている面を持つことだった。そこにはあまりにも生々しく現世利益が働いている。だから、自己犠牲的で規律を守るエリート集団と科学者や技術者をみなすウェルズの考えを、現実離れした夢想主義と笑い飛ばすこともできる。

では、長年に渡ってウェルズが描いてきたユートピア世界を夢想の一言で片づけて済むのだろうか。おそらく現在でも分析すべき価値を持つのは、科学技術を媒介としてディストピア社会へと転化する契機がそこに描かれているせいなのである。社会の道徳や倫理ではなく、科学的な合理性の名のもとで行われる「優生学」や「テクノクラート」の台頭が含む危険性がはっきりと見えてくる。そして、未来予測のなかで、発表当時には実現していなかった「原子力」や「遺伝子操作」といった科学技術が、社会生活にもたらす功罪を具体的に想像する力から学ぶべきことも多い。

ウェルズはオーウェルが攻撃したような「科学万歳」の楽天主義的なユートピアの面だけを描いていたわけではない。初期の作品には、世紀末ならぬ「世界末」（ワイルド『ドリアン・グレイの肖像』）という「人類の滅亡」というペシミズムが色濃い。しかも、ユートピア社会の形成が語られるときに「戦争」が不可欠となる点は注目に値する。第一次世界大戦や第二次世界大戦そのものを予言したのはウェルズの独創というわけではない。『宇宙戦争』が、対プロイセンの警告で始まった架空戦記の系譜にあったように、ウェルズもまた世論の流れとともにある。

どうやら、ウェルズには戦争を経過しないとユートピア社会は実現しないという確固たる図式が存在する。生物学のアナロジーで人間社会を見ているので、現実世界に利害の対立が存在する以上、こうした争いは不可避なのだ（ケンプ『H・G・ウェルズと絶頂を極める猿』）。「戦争をなくす戦争」という理念を持って、「世界国家」樹立のために争うことになる世界を、第二次世界大戦に至るまで描き続けた。この章では、ユートピア的な理想とディストピア的なペシミズムとが衝突する空間として、ウェルズのユートピア小説や社会評論を考えていく。

## 来るべき世界への道のり

ユートピア思想が目標のひとつとするのは、富や物の公正な分配である。そのために、科学技術が利用される。だが、その追及の果てに、ユートピアではなくてディストピアを招くことは、ウェルズの初期のSF小説においてすでに扱われていた。『タイムマシン』の八十万年後の未来世界では、イーロイ族とモーロック族はそれぞれ退化して、生産と消費の機能に二分化していた。そして、生産と消費の立場が逆転して、菜食主義のイーロイ族をモーロック族が「食人する」という形で食料問題は解決される。また『宇宙戦争』では、科学技術の発達した火星では、火星人とその食料となるヒト型人間に分化していた。こちらは方法がもう少し洗練されていて、栄養補給を吸血という形でおこなっているわけだが、地球へやってきたことで食料問題は解決される。さらに人間の家畜化計画まで描かれている。火星人という科学技術が進歩した人類が、野蛮な風習を持っていることが未来への批判とつながるのだ。

これは、富裕層と貧困層、搾取する側と搾取される側との「二つの国民」（ディズレーリ）に分化し、固定化が進んだヴィクトリア朝の現状を投影したといえるのだが、そうしたおぞましい未来世界への道筋を物語っているのが、中編小説の『来るべき世界の物語』（一八九七年）だった。ユートピア社会を追及した結果としてディストピア世界が生じる様子が、描きだされている。同じ年に発表した五万年前のテムズ川周辺での熊やライオンと人間の戦いを描いた『石器時代の物語』と対になっている（もちろん現在のイギリスに熊やライオンはいない）。ただし、『来るべき世界の物語』は、この後も『予想集』や『モダン・ユートピア』などで、繰り返し提示されるウェルズの議論が典型的に表れているので、少し詳しく紹介したい。

舞台となっているのは、二十二世紀の人口三〇〇〇万人となったロンドンである。中産階級の娘であるエリザベスと、それより下の階層となる飛行機の搭乗係であるデントンとの恋愛物の形をとっている。容貌ではデントンに劣るが、将来性のあるビンドンと娘を結婚させようとした父親は、催眠術師を雇って妨害するのだが、デントンにたくらみを見破られてしまい、催眠術が解けたエリザベスはデントンと密かに結婚してしまう。そして二人は大都会のロンドンを離れて郊外の田舎で暮らそうとするが、そこは「食料公社」の管理地であって、とても自活できはしない。都会生まれの者は都会を離れては生活できないのである。

そこで仕方なく、二人はエリザベスの母親が残した財産をあてにして、大都会ロンドンで中産階級的な暮らしを送る。子供もできるのだが、結局のところはその財産も食いつぶして破産してしまい、「労働公社」の厄介となる。ディケンズの後継者としてのウェルズを絶えず不安にかき立てるのが、階級から転落するという恐怖だが、これが『来るべき世界の物語』のひとつのテーマである。「労働公社」の担当の係員によって、デントンは「０７０、４型、７９０、g．f．b．、パイ5―90、男性」とエリザベスは「０００、７型、64、b．c．d．、ガンマ41、女性」と記号に分類されて、管理されることになる。

労働公社はあくまでも失業対策の機構だった。そして一度《ひとたび》公社の「労働奴隷」となると、職は保証されるのだが、階級的な上昇は望めない。このあたりに、教師となる以前のウェルズ自身の体験が裏打ちされている。中産階級の最底辺の生まれだったウェルズは、四年間の服地屋での奉公を二年で逃げ出した体験を持つ。しかも、四年分の保証金をウェルズの母親が払っていたのに、それを台無しにしてまでの転身だった。結果として、それが教師への道を開き、奨学生となって高等教育も得て、階級上昇を可能にしたのだ。貧困からの脱却がウェルズの大きな動機であるし、エリザベスがデントンよりも階層的に上の身分である点からも、ウェルズ自身の上昇志向がうかがえる。

この世界では、労働奴隷はあくまでも労働奴隷のままで終わる。二十二世紀のユートピア社会が持つ負の面がここから浮かび上がってくる。作品発表当時のイーストエンドにあったような悲惨な状況は、未来世界では表面から消えているが、スラム街は「地下世界」の形で残っていた。地上には都市の過密化対策で、高層のマンション群が建ち、食事も集団用に提供される。人口をまかなうために、都市の外部の土地は農業の耕作地となって、雑草の撲滅も進み、わずかな人数で操縦できる巨大な機械が耕していた。女性の社会進出で、「家族」が解体されたので、一部の富裕層以外の子供は階級ごとの託児所に預けられる。エリザベスとデントンの娘も公衆託児所に預けられた。そして、エリザベスは「金属圧延公社」へ、デントンは「写真公社」へと配置される。

映画“*Things to Come*”
（邦題『来るべき世界』／1936／London Film Productions／イギリス／108分）

エリザベスとデントンは、『タイムマシン』でタイムトラベラーが出会ったモーロック族たちのように、地下世界で機械に囲まれて、最低限の生存を保証される単純労働の生活を送ることになる。とりわけデントンは地下世界で機械を監視する作業を一人でするようになる。二十二世紀の段階でこういう状態なのだから、仮にその後『タイムマシン』のように八十万年を経過すれば、中産階級が機械化や自動化によって消滅し、二極化がそのまま固定していくのも納得できる。これは現在「機械との競争」のなかで、専門職や個人商店などの中産階級が消えつつある状況とよく似ている。

下層中産階級から転落し下層階級となって、自分の手を汚して働き始めたデントンは、方言を使えない言葉づかいも含めて、「お高くとまっている」と周囲からみなされ、暴力ざたに巻き込まれる。親切に喧嘩の仕方を教えてくれる人がいて、肉体的な暴力によって自分の身を守り、切り抜けることになる。一方、エリザベスが働く周囲には、同じような転落組がたくさんいた。彼女の仕事は製品が機械的になりすぎずに「自然」に見えるようにと修整することだった。大量生産の製品に手仕事の味付けをするわけで、それには身に着けた階級的な趣味が役立つのである。

生存を優先するだけで先の見えない生活のなかで、彼らの娘の死亡が知らされ、さらにエリザベスはデントンとの離婚を家族から促されていた。中産階級に生まれ育って労働を知らない二人が、下層階級に同化しつつどん詰まりとなる状況を救ったのが、エリザベスの父親が結婚相手にと考えていたビンドンであった。医者の診断によると、病気のせいで三日後に亡くなるとわかり、医者の指示で「安楽死公社」へと行くことに最終的に同意する。安楽死の肯定に、ウェルズの優生学的な発想が色濃く見られる。ビンドンが親から譲られた体質と不摂生な生活のせいで余命がないとわかるときに、医者は「生まれたことが誤りだ」と言い放つのだ。また、エリザベスがデントンに訴えたのは「労働奴隷の子供は生みたくない」という考えだった。

エリザベスに遺産を残すというビンドンの紳士的な遺言のおかげで、彼らは地下世界を脱して、高層アパートからサリー州の田園風景を見て暮らすようになる。恋敵の遺産で生活できるという、あまりにご都合主義的な展開を採用しなくてはならなかったのは、下からの脱出がいかに困難かを告げているのだ。二十二世紀の餓死者を出さないようにする巧妙な管理システムで成立したユートピア社会は、そのまま一旦転落すると這い上がれないディストピアでもあった。

## テクノロジーの恩恵と支配

この『来るべき世界の物語』が描く二十二世紀には、いくつもの新しい発明のイメージが入りこんでいる。「音声技術」、「画像技術」、「ネットワーキング」の応用という方向に進む「来るべき世界」が想像されているのだ。ウェルズが知識をもとに、巧みに社会像を練り上げていた。こうした細部の想像力の豊かさが、ウェルズのSF小説に読者が惹きつけられる部分といえる。

第一に、音声技術があちこちで実用化されている。文字を読む新聞が衰退し、書物ではなくて発声機械を通じて必要なニュースが聴ける。エリザベスの父親が起きて着替える間に、昨夜起きた飛行機事故とか、チベットの避暑地に出かけた有名人の消息とか、独占企業の会議の内容についての情報が流れるのだ。これは一九〇六年にアメリカの技師フェッセンデンが成功して実現したラジオ放送のイメージの先取りでもある。部屋にいながら世界と直結している。しかも、聞きたくないニュースをボタン一つでスキップできる仕掛けは、まさに「オンデマンド」というわけだ。二十二世紀には、書物そのものも音声化されて駆逐されていた。オーディオブックを連想させるが、この発声機械のような音声中心主義が、この世界では当然となっている。『吸血鬼ドラキュラ』（一八九七年）のなかで、蝋管を使った録音機が登場したように、音声による記録も常識になりつつあった。

第二に利用される画像技術は、エリザベスとデントンが「労働公社」の厄介になった時に発行された労働券として現れる。これは一種の身分証明書である。

彼らは労働券に拇印を押し、拇印は写真にとられ、全世界にまたがる「労働公社」が、その二億から三億におよぶ依頼人のどのひとりでも、一時間の調査によって、かんたんに発見できるという仕組に、分類整理されているのである。（宇野利泰訳）

この労働券は、指紋認証を利用した最新のIDカードと同じなのだ。

拇印（指紋）による個人の特定と管理は、世紀末のイギリスでは知られていた。ダーウィンの親戚で統計学者であるフランシス・ゴルトンによる『指紋』が一八九二年に発行され、そのなかで指紋認証の科学性と実用性が証明された。優生学者として有名なゴルトンが方法論を定式化したのだ。拇印への注目は、一八八〇年に、日本の病院に勤めていたヘンリー・フィールズが、土器に残った指紋、猿の指紋、さらに日本での拇印などから思いついて、犯罪捜査に応用する論文にしたものだ。ゴルトンなどの検証を経て、インド植民地での人員管理に利用され、さらに一九〇一年にはスコットランドヤードが犯罪捜査に応用するようになった。犯罪捜査の有力な手段として、ミステリーなどに登場するようになった（イアン・ペッパー『犯罪現場の捜査』）。

文字情報ではなくて、写真という画像を電送して世界規模で判別することも含めて、ウェル予見していた。

ズの発想は時代を先取りしていた。億単位の情報整理をするというのは、その後の情報処理を予見している。アメリカのトマス・ワトソンが作ったIBM社が、一九二〇年代にパンチカードで情報を整理し検索できる機械を発売し、大恐慌時代には大量の失業者の情報を処理する政府の仕事を請け負った（ケヴィン・メイニー『一匹狼と彼のマシン』）。大量の個人情報を処理するのが、企業名がコンピューターの代名詞ともなったIBMが飛躍的に発展するきっかけだった。ウェルズの小説では、三億人のデータを照合するのに、数字や文字ではなくて拇印の画像により、しかも一時間というのは画像のマッチングにかかる時間だろう。IBMの母体ともなったNCRが、電動式キャッシュレジスターを発売したのが一九〇六年だったことを考えても、情報端末を利用して、ウェルズが構想したシステムは、かなり先の未来を先取りしていた。

『来るべき世界の物語』での拇印を利用して個人を特定し管理する方法には、テクノロジーの裏づけがあり、まさに予言的である。しかもこの社会が、指紋判別法を、エリザベスやデントンたちのような中産階級ではなくて、下層の労働奴隷に対して行っているのは、植民地での現地人の管理システムを、階級を管理するシステムへと転用していると言える。何か事件が起きた場合に、指紋による判別という科学捜査によって、アリバイの実証や犯人の確証を得たいせいだ。それは、犯罪者予備軍として、植民地の人間や下層階級を管理し取り締まる発想と結びついているし、ウェルズの優生学的な態度がそこに姿を現すのだ。

第三に、いたるところに各種のネットワークが張り巡らされている。これはニュースを伝達する発声機械や、拇印を鑑定する情報検索ネットワークだけでない。エリザベスの父親は「風車と落下水トラスト」に勤めている。要するに風車でくみ上げた水の落下で発電する、という自然エネルギーを利用しているのだ。ただし、その規模は大きく、ロンドンでも大量の海水を引きこんで、落下させて発電し、ついでにその水を清掃する下水として利用する。それが地下の工場の動力源にもなっている。真水は飲料などに使うのでもったいないのである。その水路網がロンドンのいたるところに張り巡らされていて、ネットワーク化することが利便性と管理しやすさをもたらすのだ。

こうしたさまざまなネットワークを管理するのが人間の仕事となる。デントンが働く現場でも、彼ひとりで機械を管理していて、異音を聞き分けて機械の調子を見守っているだけだ。エリザベスが働くのも、機械が作り出した製品があまりに機械的過ぎるのをわざと手作りのように修整するという、これも一種の機械の奴隷としての仕事だった。だが、三〇〇〇万のロンドン市民の生活を維持するためには、こうした機械の奴隷となる労働奴隷が必要になってくる。

## 家族の解体と女性の自立

『来るべき世界の物語』で描かれた社会の「恩恵」として注目すべきなのは、「労働公社」で働く人間たちも含めて、家族が解体していることだ。とりわけ託児所が完備しているせいで、子供の養育を任せて、男女共に働くことができる。三〇〇〇万人の人口が密集するロンドンでは、家族が一緒に暮らす広い空間を持つことは富裕層だけのぜいたくとなっていた。

一人一人が個別化されながら、集団生活をとるのが基本となる。冒頭でエリザベスの父親が朝食をとる。彼が向かったのは生演奏が流れるホールという名の公共食堂で、レーンに載った小皿によって食事が自動的に供給される。提供されるのも、加工されたペーストやケーキであって、十九世紀のパンや肉とはほど遠い画一的な、だが安心安全を保ったものだった。効率化を追及した食事風景は、現在の回転ずしやファストフードの店を連想させる。

ギリシャのスパルタを思わせる集団生活は、政府がさまざまな形で個人を直接管理しているといえる。エリザベスの父親のように、トラストの頂点に立って管理する側にいる者も、結局はシステムのなかで家族の解体を受け入れている。もちろん、娘のエリザベスを心配し、詩を書くようなデントンとの交際を許さなかったし、催眠術師に頼んで二人の仲を裂こうとしたくらいだった。それでも、結婚そのものを最終的に防ぐことはできなかった。

地下で働くようになったエリザベスが自身の信仰に反して、デントンとの離婚を選びかけたのは、「労働奴隷は労働奴隷のままだから、子供を産みたくない」という考えからだった。家族が解体し、関係は希薄になって、子供は託児所に預けるのが一般的となるならば、家族の意味合いも大きく変貌する。階級差を超えたデントンとエリザベスの恋と結婚が、二人を離婚させることを画策して、エリザベスを手に入れようとしていたビンドンの死によって、労働奴隷から解放される。そして、ロンドンのはずれから外を見渡せる高層アパートの暮らしに戻ったデントンたちは、もちろん、地下世界の人間やその未来について考えることはないのだ。

こうしたエリザベスの自立と結婚がたどる運命を描いていたウェルズは、その後結婚問題を扱った普通小説を何冊も書いた。とりわけ有名なのは、女性の性的な自立を主題とした『アン・ヴェロニカの冒険』（一九〇九年）である。一八六〇年代の姦通や重婚を扱った「センセーション・ノベル」の後継者として、トマス・ハーディの『テス』（一八九一年）、ジョージ・ギッシングの『余った女たち』（一八九三年）などが書かれた。そして、「新しい女」と呼ばれる女性たちが八〇年代以降に登場した。流行の自転車を乗り回し、消費文化を謳歌し、結婚への懐疑や反対をする独身女性たちである（アーディス『新しい女、新しい小説』）。十九世紀末には、たくさんの小説で彼女たちの生態が描かれた。『アン・ヴェロニカの冒険』もそうした中に含まれる。しかも、新しい世紀の女性たちの「性」を、ウェルズという男性作家が描いた点が異色だった。

ヒロインのアン・ヴェロニカ・スタンレーは、比較解剖学という生物学を学ぶ女子大生で、あるパーティーに行こうとして、弁護士の父親に部屋に閉じ込められる。母親の死亡後に面倒をみてくれていた独身の叔母も、アン・ヴェロニカの助けとはならない。そこで反発して家出を決行する。だが部屋を見つけて就職しようにも難しいし、それでいて必要なお金が調達できない。彼女を救済してくれそうなのは、崇拝してくれて結婚を申し込んできたマニングと、物分りがよさげな口ぶりのラミジだった。女性を「淑女か娼婦か」という二分法で見る男たちの代表である。

アン・ヴェロニカが、生活の為にラミジから四十ポンドを借金したことで、ラミジは彼女を愛人のように「囲っている」と認識していて、大きな喧嘩を引き起こす。アン・ヴェロニカは知り合いから紹介された婦人参政権論者の活動に巻き込まれ、留置所にまで入るのだ。そうした社会冒険をするなかで、女子大から移ったインペリアル・カレッジで出会った十歳年上のケイプスに心惹かれていく。だが、彼は妻と離婚協議の最中で、しかもその理由が友人の妻との不倫関係だった。

さまざまな困難を超えて二人が結ばれていくときに、ケイプスが「あなたは何が欲しいの?」と質問すると「あなた」とアン・ヴェロニカは率直に答える。男女の関係を身体を通して理解している。登場人物の一人である婦人参政権論者のように男性嫌悪から、プラトニックなものとする見解には反対する。ツノザメやウサギを平気で解剖できる（これはウェルズの生物学の教科書に掲載されていた解剖すべき動物に他ならない）アン・ヴェロニカらしい態度なのだ。先輩であり教師でもあるケイプスに惹かれていくのには、身体を忌避しない比較解剖学的な視点が入っている。理系女子が活躍する『アン・ヴェロニカの冒険』は、この点が新しくて、賛否も含めて話題作となった。

## フェミニズムとウェルズ

ウェルズがフェミニズムと触れ合ったのは、いわゆる第一波フェミニズムであり、婦人参政権や、さまざまな平等を求めたものだった。実体験を元にしか小説を書けないウェルズらしく、ケンブリッジ大学に通う女子大生の愛人アンバー・リーヴズが、アン・ヴェロニカのモデルとなった。ケイプスが生物学者の夢を捨てて、生活のために劇作家になる選択をするのも、ウェルズの生き方そのままであったし、劇作家こそは、ウェルズ本人がなりたかった職業で、昔の願望を小説で実現したともいえる。

実際にウェルズ自身には二人目の妻ジェーンがいるのだが、アンバーとの関係も維持したいという二股的な態度をとった。ウェルズはケイプスのように妻とは離婚せず、アンバーはウェルズの子供を妊娠したことがわかったあとで、他の男性と結婚する。娘のアンナ・ジェーンが真の父親を知るのは十八歳になってからだった。

愛人となったアンバーは、ウェルズがフェビアン協会で知り合いとなったウィリアムとモードのリーヴズ夫妻の娘だった。母親のモードはフェミニストとして有名で、「救貧法」の改正のために、第一次世界大戦前夜の南ロンドンの貧困地区の児童死亡率などを調査し、報告書を出版した。娘のアンバーも、結婚してホワイト姓となった後に、フェミニストの作家として活躍し、フェビアン協会のケンブリッジ支部を創設し、さらに労働党の候補者として選挙に出馬もした。しかも『人類の労働と富と幸福』(一九三一年)では、ウェルズの共著者となって、女性の労働問題の章を担当した。

『アン・ヴェロニカの冒険』で聖女ヴェロニカの名をもらったヒロインは、叔母には駆け落ちと間違えられた家出をし、フェミニズムの活動で逮捕されて軽いとはいえ前科を持ち、不倫騒動によって離婚した年上の男性と結婚するという負の「聖痕」にまみれている。だが、その行動力は誰にも負けないし、性的な対等の関係を築こうとしているのだ。ただし、ウェルズのフェミニズム小説そのものが、自己正当化という視点の限界を持つ、という指摘があるのも当然である（土屋倭子『アン・ヴェロニカの冒険』あとがき）。ひょっとすると、女性の参政権が欲しいといったアン・ヴェロニカの主張に同意しているようで、彼女の肉体が目当てだったラミジが、ウェルズの欲望の一面を素直に表現しているのかもしれない。

ウェルズが「産児制限」を訴えるマーガレット・サンガーの著書『文明のかなめ』（一九〇五年）への序文で賛同したのも、「自由恋愛」と密接につながっている。産児制限は、どのような子供を生むのか、あるいは生まないのかという優生学と結びつくし、「性」を直視した自由恋愛の実践を促すテクノロジー的な裏づけとなるのだ。アンバー・リーヴズの友人でケンブリッジ大学で優生学を研究していたエヴァ・ハバックが、政府の人口問題の責任者となったのも不思議ではない。左右の立場に関わらず優生学は利用され、保守的な考えだけでなく、進歩的な思想とも親和性があることが知られている（フリーデン『リベラルの言説』）。

『来るべき世界の物語』での託児所による家庭からの男女の解放は、ウェルズの願望と捉えることもできる。もちろん、現在でも、家族をどう把握するのかは難題であり、生物学的あるいは医学的な知見と深いつながりを持つ。ジェンダーの衝突を直視したウェルズが、「性」を手がかりに、ひとつの方向を切り開くことができたのは、実体験と、それを支える生物学的な知識や理解のせいだった。

## 2　未来学とウェルズ

### ディストピアへの道

ウェルズは二十世紀に入ると、ＳＦ小説よりも社会評論で人気を得るようになる。初期のＳＦ小説内でも自説の文明論を開陳するくせがあった。たとえば、『来るべき世界の物語』では、「人の住まぬ田園」といった章題をつけて背景や歴史を説明し、通常の小説とはいささか異なる雰囲気を漂わせていた。この部分を拡大して社会評論としたわけである。そもそもウェルズのデビューも「ユニークさの原理」という評論だったように理屈好きなのだ。『宇宙戦争』のような架空戦記の場合には、登場人物がいる物語の形で徐々に感情に訴えかけたのだが、評論ではそうした効果はなくなってしまう。その代わりに、必要に応じてセンセーショナルな表現を直接読者にぶつけることができる。時事評論家としてのウェルズの活躍の場が時代のなかで広がっていくのだ。

単行本によるウェルズの社会評論の出発点となったのは、一九〇一年に出した『予想集』

だった。世紀の転換における変化をたどり、二十世紀の今後を予想している点で人気が出た。原題は「人間の生活と思考に及ぼす機械的科学的進歩の反応についての予想集」となっている。生物学の教科書で、ウサギの生理学的な構造を説明したように、ウェルズは、一章ずつ文明の様相をはぎとっていくのだ。社会をひとつのシステムとして考え、有機的な関係を説明する。世紀の転換点に流行した未来予想図のひとつである。

十九世紀の蒸気機関そして今後の車による交通網の発達が変えるという。都市の郊外化が進み、技術によって階級は四区分されるようになり、中間層が発達することになる。そして、戦争が新しい兵器の台頭で様相が変わり、言語による衝突があるが、英語、フランス語（かドイツ語）、中国語が支配的な言語になると予測する。その後、ウェルズはオグデンとリチャーズが提唱した八五〇語で英語を操れるという「ベーシック・イングリッシュ」に賛同し、共通語として英語がすぐれているという主張を繰り返すようになる。英米が政治的経済的な覇権を握っているからこそ英語が通用するという点を忘れている。また、「世界国家」への統一や、「新しい共和国」への樹立が語られ、やんわりとした形であっても、君主制を選ぶかどうかというイギリス王制への批判が当然ながら含まれていた。それとともに信仰への懐疑や、マルサス主義とダーウィンを合わせた優生学的な態度がはっきりとしていた。反ユダヤ主義的な主張もあるせいで反発も招いたが、当時の読者層には大きく受け入れられたのである。

そうした新しい共和国である「世界国家」評論の延長にあるユートピア小説としては、『モダン・ユートピア』（一九〇五年）が有名である。ヘンリー・ジェイムズ、ジョーゼフ・コンラッド、バーナード・ショーといった文壇の友人たちからも称賛をうけた。プラトンやモアやベラミなど、過去のユートピア論への言及に満ちたユートピア小説なので、パトリック・パリンダーは「メタユートピア論」としてこの作品を評価した（『未来の影』）。小説のはずなのに、議論の出典がいちいち明記された評論の体裁をとっていた。もはや小説と評論の区別をウェルズはしなくなっていた。

シリウスより彼方の星に住む「ユートピア人」が登場し、その世界を地球から来た二人の主人公を案内し説明する。いちばん知られているのは「サムライ」階級の設定である。第九章の「サムライ」で、サムライは男女からなり服装も異なり自己抑制をした人々で、プラトンの『国家（＝共和国）』に出てきた統治者の具現化だとする。プラトンの流儀に倣っているので、ユートピアで見出される才能とは、地位や身分といった生まれ育ちに左右されるわけではない。才能を持った人間が、遺伝を通じて確率論的に出現するものなら、すべての階層に一定の割合で分散しているはずだ、という前提は、中間や下層の階級にひとつの希望を与える。

ここに「サムライ」が出てきたのは、一九〇〇年に英文で出版された新渡戸稲造の『武士道』を読んだせいだとされる。ただし、新渡戸は西洋の「騎士道」に基づいて、失われた階級としての武士と武士道をロマンティックに再構成したにすぎない。だからこそ、ウェルズには、プラトンの『国家』における統治者たちのように感じられたのだろう。キリスト教者である新渡戸の論自体が、理想主義的でユートピア的だったともいえる。当時の「ジャポニズム」の影響もあるのだが、サムライに選ばれた少数としてのフェビアン協会のメンバーに対する期待を込めてもいた（ハーシフィールド「伝説のサムライ：H・G・ウェルズと『モダン・ユートピア』」）。

皮肉なことに、一九二〇年には、ウェルズが実現を望みながらも、実態がほど遠いものになってしまったとなげく「国際連盟」の事務次長に、他ならない新渡戸稲造が就任したのだ。そして、一九二三年の『神々のような人びと』のユートピア世界では、サムライ階級を撤廃して、全員がサムライだという民主化が図られるのだが、残念ながらこちらのウェルズの主張は有名ではない。

『モダン・ユートピア』でサムライ階級として選び出される能力だが、生物学の発展によって介入できることも次第にはっきりしてきた。より現代的な生物学の知見が豊かなオルダス・ハックスリーが書いた『すばらしい新世界』（一九三二年）では、人工子宮で生まれるときの温度管理や、条件づけや、睡眠学習によって、遺伝的な要素も改変できることが示される。そして生まれてからも呪文のように心理がコントロールされ、みな「幸福感」に満ちている。医療や科学技術の進展によって、生まれる前から個体をコントロールできるのだ。偶然に見える選択が、恣意的で限定された選択へと変貌するのは避けられない。すべての成員から「世界国家」に必要な才能をかき集める、という機会の平等があるのではなく、差異が固定化されたディストピアへと転落していく。ウェルズ自身も、「サムライ＝フェビアン協会」にかけた夢に幻滅し、とりわけ科学的な思考への無理解を感じて距離を置き、自作の小説でウェッブ夫妻などを揶揄することになる。

かつて少年時代に『モダン・ユートピア』などを読んで感動したオーウェルが、後にウェルズのユートピア論に反発したのも、ウェルズが提唱する科学技術主義が、「合理主義」という名の他人を支配するイデオロギーに転化する可能性を秘めていたせいだ。テクノロジーの役割が、利便性の追及から、管理へと変化していく時に、「合理的」というのは一種の殺し文句となる。『神々のような人びと』で、ユートピア世界では、二十億人を二億人に減らし、しかも愚鈍な人間をその過程で淘汰してきた、と述べるのに接して戦慄を覚える人も多いはずだ。マルサスの『人口論』(一七九八年)は、人口増に食料増が追いつかないという難題を、貧民層を物理的に消去することで解決するという提案だった。その「間引き」の発想を、ウェルズも半ば本気で信じているのである。

## ダイナモの神

同時代で、ウェルズの科学技術による解決の傾向を告発した作品に、E・M・フォースターの「機械が止まる」(一九〇九年)があった。イギリスの主流派文学の作家だが、後に「初期のウェルズ作品の楽天主義に反発して書いた」と作品集の序文で書いた。地下世界に暮らす機械を崇拝する母と、それに疑問を抱く息子の物語である。地下の住民は離れた「密室」に住んでいても、通信装置によってお互いにつながっている。そして機械の支配の外に出てみることを体験する話となる。

これは、機械に従属した状態をユートピアと呼ぶかどうかの問いかけでもある。現在のメディア装置でつながれている人々の物語として理解できるほどだ。作品世界は『タイムマシン』や『来るべき世界の物語』が描いた「地下世界＝下層階級」とつながっている。ただし、フォースターが戯画化した「機械の神」の先駆となる「ダイナモの神」（一八九四年）をすでにウェルズは書いていた。それを読むと機械万能とは片づけられない面も描かれている。

「ダイナモの神」では、アジア生まれで英語も片言の移民アズマ・ジンが、言葉が通じなくても働ける労働現場にある発電装置であるダイナモに魅入られる。そして、信仰に近い畏怖心を抱き、ダイナモのお告げがあったとみなして、自分を虐待する上司のホルロイドをいけにえに捧げて殺す。さらに交代でやってきた監督官も捧げようとするのだが争いとなり失敗し、結局アズマ自身が自分の身を捧げて黒こげになるという話である。まさに電気処刑ともいえるのだが、ダイナモがそうした犠牲にも変わらずに発電を続ける姿が不気味である。

ウェルズはアズマ・ジンの機械への畏怖を、「ダイナモ・フェティッシュ」と呼び、偶像崇拝と関連づけていた。「ある学者」という言い方で、進化論に影響を受けた人類学者のエドワード・タイラーが『原始文化』（一八七一年）で、「フェティッシュ」をキリスト教から見て異教の信仰と結びつけたのを踏まえていた。もっとも、タイラーの説では護符のような小さな物が対象だったのだが、この巨大な発電機は崇高さを与えられ、まさに「マシン・エイジの守護神」となっている。

文明の機械に惹かれたアズマ・ジンは、シンガポールの海峡植民地の向こうからやってきた、人種的に混交な人物である。金を持っていたのだが、ロンドンに到着するとファッションと都会の快楽ですぐに一文無しになってしまった。そこで言葉を使わなくて済むダイナモのお守として働き始めるのだが、「コーヒー色頭」とか「黒人《ニガー》」と上司のホルロイドに呼ばれるのだ。

東洋からやってきた野蛮な者が、「ダイナモの神」という発電機に魅入られたのは、文明を知らない無知ゆえの行動とされる。人間の捧げものをするのも、原始宗教的なメンタリティからだ。だが、この野蛮な行為は、言葉でのコミュニケーションがうまくとれないせいで、酔った上司に虐待や不当な扱いを受けている移民労働者の「無言」の抵抗だったとも読める。このあたりが、無神論者であるウェルズの作品が、ファンタジーに見えてもどこか社会派らしい点でもある。ダイナモの神は、いけにえにも殉教者にも平等に死をもたらすのだ。

発電機のダイナモが台頭したことで、蒸気機関の次に来るエネルギー源がはっきりしていた。一九〇〇年のパリ万博を見聞したアメリカのヘンリー・アダムズは、「聖母からダイナモへ」と崇拝の対象が変わったと自伝で書いている。まさにダイナモの神である。しかも、スチームの力で直接に動かす蒸気機関から、電力を蓄電池に貯めることのできる発電機へと移ったことが背景にある。『モダン・ユートピア』のなかでも、ユートピアの経済を説明して、世界国家では国境線がなくなるのだから、エネルギーコストの安い地方へと人々が移住するようになると述べていた。

電気エネルギーをどのように調達するのかが未来の課題となる、とウェルズには見えていた。その後定式化されていく、蒸気機関ですべてが動くと説明するスチームパンクや、電脳空間のネットワークを舞台とするサイバーパンクの発想が、ウェルズの作品世界にうごめいている。それは、生物としての人間を、骨格や筋肉のような物理系で説明する見方と、神経伝達系として説明する見方の違い、といえるかもしれない。ウェルズの時代は、テクノロジーの発達によって、生物が持っていた機能を分化して、機械や装置として外化する時代に入っていたのである。

## 来るべき世界のインパクト

ウェルズの予言的な文学の集大成は、一九三三年に発表された長編小説『来るべき世界（物事）の姿』だった。一八九七年の『来るべき世界の物語』とおなじく「来るべき（to come）」という表現を伴なってはいたが、ほとんど議論に終始する作品となっていた。この『来るべき世界の姿』は、出版年までの総括から、一九六〇年から七八年にかけて、世界国家の樹立とそこでの生活の説明に至る小説である。全体を二一〇六年から回想する形を取っている。しかも未来と通信ができるウェルズの友人であるフィリップ・レーブン博士が現在に残した手記といった設定だった。ゴシック小説以来の残された記録、という古臭いパターンを採用して、かろうじて小説の体裁を取っているが、社会評論といって差し支えない。

前半で三三年当時の世界情勢とその後の推移がシミュレーションされている。それが第二次世界大戦を予言したと評価される。「混乱の時代」と呼ぶ戦争のなか、心理学的法則を研究したデ・ヴントの思想によって世界国家が樹立したとみなす。大衆を救うには、彼らに必要とするものを教え、手に入るように取り計らうことだと主張する（これはオルテガの思想を敷衍したものである）。教育原理と世界国家は表裏一体なのだ。そして、新しい体制では、エネルギー単位が新しい通貨の基本となり、発電所が造幣局となる未来が描かれる。テクノロジーの進展が古臭い体制を破壊するとみなされていた。

興味深いのは「世界国家」の樹立のために宗教対立が消失する点だった。現在ではウェルズの予言とは真逆となっている。ウェルズの図式から言えば今は「混乱の時代」にあたるわけだが、人類の理性的な理解によって、宗教の対立が消えていくはずなのだが、むしろ激化している。戦争がいわば過去の清算とはならずに、新たな火種となっていくのだ。なかで使われた一種の原子爆弾ともいえる放射性ガス爆弾は、日本軍による侵攻への反撃として、中国軍が使うのだが、副産物として不妊をもたらす。戦後になって、これを使って不妊させることで人口減少に利用できるとし、さらに植物に突然変異をもたらすことで有用な生物が生み出される。こうしたウェルズの発想がまさに「優生学」的なのである。

すでに述べたように、ウェルズはフェビアン協会をはじめとして、同時代の多くの知識人と同じく「優生学」の影響を受けていた。当初は自由恋愛を守るための避妊術など、産児制限の形をとっていたが、しだいに他人に強制することを厭《いと》わなくなる。『神々のような人びと』のユートピア世界では、害虫も劣等な人間も処分されてしまう。それは、世紀末の「超人願望」の裏返しであり、ゴルトン由来の統計学的な「合理的な選択」の発想なのだが、ナチスドイツのユダヤ人問題の「最終解決」へとつながる点で、絶えず警戒されてきたのだ（ストーン『超人を生み出す』）。

そして、ウェルズの描く戦争では、空襲で落とされる爆弾だけでなく、毒ガスや流行病といった形で多くの人々が被害を受けることになる。そして、「ユートピア」の姿は、「ダイナモの神」のようなアズマ・ジンの機械崇拝ではないにしても、テクノロジーによって社会問題が解決するという態度を貫いている。しかもウェルズはこの小説を基にして『来るべき世界』という映画のシナリオも書いて、自分のヴィジョンを映像化した。空が世界国家の支配権のために利用される。大地ではなくて、戦争後に空によって結ばれた「世界国家」と、そこで飛行機を乗り回す選ばれた者たちが支配するユートピアが、ウェルズの想像力が生み出したものだ。けれども、これをディストピアと考える者が出てきても不思議ではない。オーウェルが評論のタイトルで、ウェルズとヒトラーを並べたのには、それなりの理由がある。

## 日本へのインパクト

『来るべき世界の姿』のようなウェルズのユートピア物は、歴史の複数性や平行宇宙を認めずに、ひとつの「世界国家」という理想郷へと全体がまとまっていく。こうした「世界国家」の図式は、国際社会への復帰を狙う戦後の日本社会にとって好ましいものに思えたのだ。ウェルズは世界のなかで役割をはたす軸のひとつとして、日本を扱っている。日清戦争後に、日英同盟から日独伊防共協定に至るイギリスの関心をウェルズなりに描いたものだ。

敗戦の翌年の一九四六年に、英文学者の土居光知が『ウェルズと世界主義』という小冊子を生活社から日本叢書と題されたシリーズの一冊として出版した。土居はそのなかで、『来るべき世界の相（姿）』と『極度にいまわしい人間（聖なる恐れ）』（一九三九年）とを紹介して、その予言がかなりあたったと結論づける。とりわけ後者のファシズムの予言と、将軍がのさばる状況は、戦中の日本の軍部のあり方とつなげて理解している。そして、ウェルズがドイツについて述べたことが、戦後の日本の東アジアでの状況とつながると理解して、読者を戒めているのである。

さらに『来るべき世界の姿』は、現在では第二次世界大戦の勃発を予言したとしての評価がいちばんであるが、マンガ家の手塚治虫は、幼少時に知った映画の邦題にインスピレーションを得て『来るべき世界』（一九五一年）を貸本マンガとして発表する。ただし英語表記は「ネクストワールド」となっていて、ウェルズの通りではない。米ソの冷戦構造を、スター国とウラン連邦として描き出していた。共通点といえば原子力戦争の時代に入ったことと、世界国家への樹立へのプロセスを描いている点だろう。

フウムーンという人類以上の高等生物が、冷戦の核実験によって誕生する。彼らは人類を見限り、ノアの箱舟のように地球上から生物の標本を円盤に乗せて運んでいこうとする。それは、毒ガス帯が接近することを知ったせいだった。フウムーンたちが去った後で、人類は毒ガス帯によって滅びるかと思われたが、実際には酸素だった（ここにはウェルズの「星」やドイルの「毒ガス帯」のイメージが濃厚である）。太陽に接近したときに、ガスの性質が変化したとされる。そして人類の味方となってくれたフウムーンの一人であるロココも、害があるからと恐れて、地球外にロケットで追放されてしまう。「人間が猿を征服したように、いつかは人間以上のものが、人間を征服する……これは自然の法則です。人類がそれと共存するためには人間同士の争いをやめなければならない」と山田野博士は言う。ここにあるのは、人類の外に共通の敵を設けることによってしか内的な統一を得ないという『宇宙戦争』に描きだされた姿でもあり、同時に、「世界国家」を訴えたウェルズの理念ともつながるものだ。

小説の『来るべき世界の姿』に関しては、吉岡義二の手になる『世界はこうなる　最後の革命』と題された訳本が一九五八年にすでに出されていた。それが、吉岡自身によって、五部構成を四部にまとめた抄訳が、『地球国家２１０６年』というＳＦ小説らしいタイトルで一九七三年に出版された。新しい観点でウェルズのユートピア小説が注目されたのだ。

そのあとがきで、吉岡は訳書の成立事情を詳しく説明していた。吉岡は、戦前に谷川徹三の紹介でこの本を知り、原書を探していて、ようやく太平洋戦争の勃発による交換船で帰国した知り合いから手に入れた。内容を読み、日本から軍部も天皇制も無くなる、というウェルズの予言を憂いて翻訳を考え、自由主義者の岩波茂雄に出版を直訴するがその時はかなわなかった。すでに禁書になっていたのだ。戦場にまで原書を持参し、奉天で敗戦を迎え、シベリアの捕虜収容所で読んで訳していたが、帰国の際にソ連兵にすべて取り上げられたのだという（『地球国家2106年』あとがき）。

第二次世界大戦後の冷戦の下で、食料生産や環境問題が、資本主義や社会主義といった社会体制を超えた課題だと見えてきたときに、科学技術的な解決方法がある、というウェルズの見通しが人々に期待を与えた。ウェルズの『来るべき世界の姿』が、七〇年代の日本で再評価されたのには、そうした背景があった。一九六八年に「未来学会」が設立し、社会問題を提起して解決策を提示する予言の本として、ウェルズの一連のユートピア小説が評価されるのだ。

スイスにあるシンクタンクのローマクラブが、一九七二年にドウスの『成長の限界』を出し、人口爆発や資源の枯渇といった新マルサス主義的な暗鬱な予測をする「未来学」が脚光を浴びた。吉岡の翻訳による『地球国家2106年』は、「ここで展開される『ユートピア』は決して夢のようなバラ色のものではなく」思考錯誤の歴史だと紹介する、未来工学研究所所長の林

その後の戦争を変えた戦車（第一次世界大戦中）

雄二郎による序文がついて、一九七三年に出版された。そして、七四年には「日本ウェルズ協会」が今西錦司を会長にして設立される。高度経済成長の反省と、それを克服する方法を求めて、ウェルズの作品が読み直されることになった。

## 世界国家と進化論

戦争後に統一した世界国家が予定調和のように生まれる『来るべき世界の姿』は、楽天的なユートピア小説と考えられている。荒俣宏が「反ウェルズの系譜」と呼ぶように、ウェルズの否定的な後継者ともいえるのは、ザミャーチンの『われら』（一九二四年）、ハックスリーの『すばらしい新世界』（一九三二年）、オーウェルの『一九八四年』（一九四九年）、それにフォースターの「機械が止まる」といった陰鬱なディストピア小説である。どれもイギリスの未来小説の主流と考えられるし、ザミャーチンでさえも最初に活字になって出版されたのは英訳本だった。

こうした小説群には「来るべき未来」に対しての絶望や皮肉が満ちている。とりわけナチスドイツやソ連の全体主義体制への反発や否定がこうした小説の執筆の強い動機となっていたし、独自の社会主義を希求するウェルズの作品への反発もそこから来る。ウェルズの楽天主義を全面的に否定するオーウェルの『一九八四年』だけでなく、ハックスリーの『素晴らしい新世界』も、ウェルズの『モダン・ユートピア』の楽天主義をパロディにしようとして、ディストピア小説として完成させた。

けれども、こうしたディストピア小説がしめす暗い未来像を嫌う人々には、ウェルズの科学技術による解決策の提示が好ましく思える。ウェルズが提唱しているのは、あるテクノロジーによって生じた問題を、別のテクノロジーによって解決することだった。テクノロジーの使用を全面的に禁止できない場合には、あくまでも代替テクノロジーを持ってくるしかない。馬車の代わりに鉄道を、そして鉄道の代わりに自動車を利用する、といった具合である。

たとえば『結婚』(一九一二年)は、自動車の登場で衰退しつつある馬車製造業者の娘マージョリーと、合成ゴムの発明で財をなすことになる物理学者トラフォードの結婚話である。周囲から別の男との結婚を勧められていたマージョリーが、運命の人となるトラフォードと出会ったのは、彼が操縦する飛行機械が家の庭に墜落してきた、という典型的な衝突からだった。テニスやクローケーが出来るほどの広い芝生の庭だったので、単葉機が着陸しても無事だった。そして、合成ゴムこそは自動車のタイヤとして活躍し、次の産業の礎になると考えられるのだ。自動車の台頭が、マージョリーの家を追い詰め、同時にトラフォードの成功を導いてくれる。

そこには新しいテクノロジーへの期待が込められていた。

もしも、全面的なテクノロジーの放棄や禁止を考えると、文明の停滞どころか過去への回帰となってしまう。たとえば、ロンドンの公害問題を告発しているウィリアム・モリスの『ユートピアだより』（一八九一年）は、手作りの職人技を中心とした中世に回帰することによって、モダン・テクノロジーの弊害を解消する。なぜなら、そうした醜悪な産業が中世には生まれていないからだ。現実のロンドンには染色業をはじめとする工場の煙突が林立し、暖房も含めた有害な煙でスモッグが生じて街を汚し、廃液を流しているせいでテムズ川が汚染されていた。それが一夜にして、牧歌的世界に変貌しているのは、ノスタルジックな過去への回帰に他ならない。すべてが一夜の夢だったという壮大な夢オチの話であるが、そこにあるのは、中世の延長で停滞した世界であって、美しい「現在」がずっと続くだけなのだ。

ところが、ウェルズの場合は、あくまでも過去ではなく未来に向かう。『タイムマシン』も、草稿段階には過去への旅が存在したとされるが、完成作でははっきりとは描かれずに終わった。そのおかげで「先祖殺し」によって自分が消失するのではないか、というタイムパラドックスも生じないし、歴史の分岐点で平行世界（第二次世界大戦がドイツや日本の勝利で終わったといった）が生まれるのではないかと心配しなくても済む。過去のユートピアが静止的なのに対して、自分のユートピアが動的だとウェルズは主張する。生成発展や進歩の余地があるせいだ。そして、世界が一直線の因果性で結ばれているように考えられている。「黄金時代」が未来にあると考えることで、進化論的な歴史の変化を一貫して主張できるのだ。それはプラトンの『国家』から、マルクスの共産社会までの空想とつながっている。

ウェルズのユートピア小説には、衝突や戦争を経て、国際社会が「世界国家」として統一し、さまざまな障壁の解消へと向かう、という図式が貫かれている。天国に至る前に、地獄や煉獄の見聞が待っているダンテの『神曲』の宗教的な救済の図式にも似ているし、「正―反―合」の素朴な弁証法にもかなうので分かりやすい。ウェルズの見解が楽観的とみなされた理由は、さまざまな可能性が相争うなかでの自然選択が、いつしか到達する目標が定まった目的論となってしまった点にある。そのせいでウェルズのしめした可能性は、夢物語として一笑にふされてしまうのだ。

## 3　シミュレーション小説の遺産

### 種としてのホモ・サピエンス

タイムマシンや時間を加速する薬といった発明品が、実験室や実験場となった閉鎖された空間に持ちこまれ、そこで起きた事件の推移をどこかコミカルに語るのが「科学ロマンス」だった。これは一種の「実験」小説といえる。自伝にも「自伝の試み（＝実験）」というタイトルをつけるほどで、生物学を修めたウェルズは、小説という器の表現方法に対する実験を試みたのではなくて、内容においての実験を試みていた。[1]二十世紀のモダニズムの作家たちからすると、古臭いリアリズムにしがみついている旧世代の作家にしか見えなかったが、実用本位の表現を選んだことをウェルズ自身は後悔してはいない。

そして、ウェルズの関心は、イギリスの状況を描くにとどまらず、「世界国家」さらには「ホモ・サピエンス」全体をシミュレーションする「思想小説」や長編評論へと変わっていった。個体を重視する生物学から、集団を重視する生態学へと関心が移ったのだ。人間を「種」として捉える発想は、自ら「ジャーナリスティック」と呼ぶ文体も含めて、ウェルズが残した文学的な遺産でもある。ミルトンやバニヤンによる宗教文学などの先駆的な語りを、進化論的に読み替えたウェルズの発想こそが、イギリスのSF小説に「巨視的なスケールで宇宙と人類の進化を描く」系譜を生み出したと中村融は指摘する（バクスター『タイム・シップ』解説[2]）。

ウェルズ自身の中心がしだいに社会評論や議論小説や思想小説となったせいで、焦点のあたる個人としての主人公がいなくなったのも当然である。『来るべき世界の姿』でも、小説風に何人かのエピソードが描かれるが、それ以外は社会の様子や歴史的変遷についての論述である。そうしたウェルズの手法や議論の集大成が、『ホモ・サピエンス　将来の展望』（一九四二年）といえる。一九三九年に出版した『人類の運命』と『新世界秩序』の合本であり、ここに小説家ウェルズはもはやいない。ウェルズの世界人権宣言が、ルーズベルトの四つの自由につながり、さらに日本国憲法へ影響したことを論証してきた浜野輝が、一九八三年に翻訳しているのだが、これも日本ウェルズ協会のバックアップによる出版だった。

前半の『人類の運命』が情勢分析をしながら、「種」としてのホモ・サピエンスにまとまるのを妨げている要素をあげている。それはユダヤ人問題や、カトリックやプロテスタントの宗教であり、日本やアメリカの動向、さらにロシアの共産主義だった。一つ一つが抱える問題点を指摘している。そして、『新世界秩序』では、ソ連型ではない社会主義を「コレクティヴィズム」と呼び、その実現の可能性について検討する。そして、「コレクティヴィズム化」「法律」「知識」が新しい秩序に必要だと力説する。さらに世界人権宣言（サンキー宣言）を紹介して、そこにたどり着くことがコレクティヴィズムを実現する方法だとしめすのだ。

国際連盟本部が置かれたジュネーブ、パレ・デ・ナシオン。現在は国際連合ジュネーヴ事務局になっている。

このように現実世界の延長にユートピア社

会を求めたのが、ウェルズのひとつのパターンといえるだろう。モアの『ユートピア論』以来の系譜では、ユートピアが設定される場所は、イギリスから遠く離れた大西洋か太平洋のどこかの島とか、山の彼方の国といった別世界だった。ウェルズが大好きな『ガリヴァー旅行記』や『不思議の国のアリス』といった作品もそのパターンをなぞったものである。そこで描かれたユートピアもディストピアも、現実世界の転倒や風刺でしかなかった。ベラミの『顧みれば』（一八八八年）やバトラーの『エレホン』（一八七二年）の影響もあった。

ウェルズは、現在の時間軸の向こうに、別の世界が生まれることを描いている。それは『タイムマシン』で述べた、四次元としての時間の発想の延長にあるものだ。つまり、十九世紀から二十世紀にかけての現実のロンドンやテムズ川沿いの町の延長に、ユートピアもディストピアも生まれる。『来るべき世界の物語』の最後で、デントンは「時が続く限り、人間はますます賢くなるのだ」と言うが、これはウェルズの主観的な願望だった。もちろん、それが自己目的となってしまった瞬間に、どこか教条主義的な臭いがしてくる。もっとも、こうしたデントンの台詞に、「彼らはそのことがわかるのかしら」とエリザベスは疑問を投げかけて、相対化してしまうのだが。そうしたエリザベスの疑問を書きつけること自体が、科学の価値は懐疑にこそあるのだ、というウェルズにふさわしいやり方でもある。

後半に書かれた小説や評論が、いつものウェルズ節とみなされてしまうのは、ユートピアの理想が、結局は「自由・平等・博愛」の啓蒙主義のお題目の枠から出ることができないせいだ。

それでも、科学的な探究心を、小説が持つシミュレーションの働きと結びつけることを、ウェルズは自分なりに追及した。しかも、シミュレーションゆえに、ユートピア社会を描いていても、科学的なディストピア社会へと転落する契機を、無意識のうちに書きこんでしまうのだ。少数をどう選ぶのかに関して、「ここでは教育は政治です」とユートピア人は言い放つ。つまり、淘汰の結果、自分が殺されるかもしれない、という運命を受け入れてしまうのも、教育の成果となる。

この世では到達不能な理念として、ユートピア社会像があるわけだから、現実を基準としてしまえば、ウェルズが描く、さまざまな衝突や葛藤が止揚された「ユートピア」が、絵空事に見えるのも当然である。そのせいで、着想の面白さだけで終わったり、時事的なネタに終始した作品は、今ではすっかりと忘れられてしまった。ディストピア社会が、管理の厳しい体制になっていくときに、「選ばれた少数者」といった甘い声でユートピアへと誘う手口がウェルズの作品から見えてくる。一種の反面教師（それだって教師の役目だ）として、ウェルズのユートピア小説や社会評論は、今後も否定的な参照のされ方をするのであろう。

（1）寺田寅彦は一九三三年発表の「科学と文学」で、心理実験に見えるドストエフスキーなどはもとより、非写実的な文学も実験を行っていると主張し、その一例として「ウェルズの未来記」をあげていた。物理学者である寺田がウェルズに注目するは当然のことといえる（『寺田寅彦随筆集第四巻』（岩波文庫、一九六三年）所収）。

（2）試しに、中村が名前をあげた作家名に作品を補って並べてみると、確かに一つの系譜が浮かび上がってくる。W・H・ホジソンの『ナイトランド』、オラフ・ステープルドンの『最後にして最初の人類』や『スターメイカー』、アーサー・C・クラークの『都市と星』、ブライアン・オールディスの『地球の長い午後』、ブライアン・ステイブルフォードの『2000年から3000年まで――31世紀からふり返る未来の歴史』といった具合になる。ウェルズ的な想像力を継承して、長いスパンでの変化を扱う小説群を生み出してきたことがわかる。さらに、こうしたSFの系譜の横に、壮大な年代記を併せ持ったJ・R・R・トールキンの『指輪物語』などの「中つ国」のファンタジーや、C・S・ルイスのナルニア国年代記をあげてもいいのかもしれない。

〈扱った作品〉
『来るべき世界の物語』宇野利泰訳（早川書房、一九六一年）
『アン・ヴェロニカの冒険』土屋倭子訳（国書刊行会、一九八九年）
「ダイナモの神」は『モロー博士の島』宇野利泰訳（ハヤカワ文庫SF、一九七七年）に所収。
『地球国家2106年』吉岡義二訳（読売新聞社、一九七三年）
『ホモ・サピエンス　将来の展望』浜野輝訳（新思索社、二〇〇六年）
すべて原文は、*Delphi Complete Works of H. G. Wells* (Delphi Classics, 2011) を参照した。

ザミャーチン『われら』川端香男里訳（岩波文庫、一九九二年）
オルダス・ハックスリー『すばらしい新世界』松村達雄訳（講談社文庫、一九七四年）
ウィリアム・モリス『ユートピアだより』川端康雄訳（岩波文庫、二〇一三年）
エドワード・ベラミー『顧みれば』山本政喜訳（岩波文庫、一九五三年）
サミュエル・バトラー『エレホン――山脈を越えて』山本政喜訳（岩波文庫、一九五二年）
手塚治虫『来るべき世界　ファウスト』（講談社、二〇一〇年）

# おわりに　H・G・ウェルズの遺産

このように見てくると、ウェルズの文学的な遺産はなんだろうか。ウェルズは一五〇冊を超える本を出版し、精力的に社会活動もおこなった。第I型糖尿病にも拘らず、菜食を取り入れるなどの節制をして八十歳近くまで長生きをし、妻や愛人との多彩な女性関係から「絶倫の人」と呼ばれ、近年では人物のほうが興味深いとされ、評伝もたくさん書かれている。ウェルズを主人公にした映画や小説さえもある。

SFの父とされるウェルズの作品で、今後とも読まれるメジャーなものは、やはり『宇宙戦争』と『タイムマシン』だろう。『宇宙戦争』に出てくる火星人の実在は別にしても、現実のロンドンを舞台に侵入者が蹂躙するイメージを描いたので、今後とも侵略テーマのときに無意識のうちに参照されるはずだ。また『タイムマシン』の時間移動を機械で行う点や理論づけは、派生した時間旅行テーマの作品群を作り出してきた。ウェルズに発するこの二つの流れは空間と時間をめぐる奇想をさらに生み出すだろう。そして、生物学教師としてのウェルズが想像力を駆使した『透明人間』や『モロー博士の島』の獣人たちは、特異なキャラクターとして残るはずだ。

マイナーなものとしては、『解放された世界』や『来るべき世界の姿』のようなユートピア文学がある。これはそのままでは結論は受け入れられないので、予言的に描かれた原子爆弾や核戦争といったディストピア文学との関係で注目されることになる。生物を巨大化する『神々の糧』のような生物学シミュレーション小説は、遺伝子操作が進んだ現代では、しだいに新しい光が射す古典となるだろう。さらに、ヴィクトリア朝の社会風俗を描いたものとして、『トーノ・バンゲイ』や『キップス』は、主流文学の産物とされるだろうし、フェミニスト小説としての『アン・ヴェロニカの冒険』もある。ただし、『ホモ・サピエンス 将来の展望』のような社会評論の大半は時事的過ぎるので、歴史資料としての価値を超えることはめったにないと思われる。ただし、戦争の放棄や、国際協調の理念を確認するときに、別の意味合いを持って評価されるのを待っている。いずれにせよ、作品としては、短編集も含めて数冊が一〇〇年を超えて読み継がれてきたのだ。そしてウェルズ的主題は、新しいアイデアや情報と結合して、次なる作品として姿を現すだろう。

けれども、後世にもたらされたウェルズの最大の遺産は、そうした個々の作品を貫く、シミュレーションや思考実験として小説を追及する姿勢そのものではないだろうか。『ホモ・サピエンス 将来の展望』で挙げていたように、懐疑主義的な科学の探究心が根底にある。それがユートピア主義者としてのウェルズと一体となっている。しかも、ロンドンやその周辺だけではなく、世界規模で変化が起きることをウェルズは繰り返し語ってきた。個人ではなくて、人類全体を「人間生態学《ヒューマン・エコロジー》」によって把握しようとするのだ。

ひとつの「種」としてホモ・サピエンスを考えるならば、世界の各国の分裂や地域の衝突は、あくまでも「亜種」の出来事でしかない。人類を全体で一括して記述する視点も、生物学の教科書や、歴史や文化史についての啓蒙書を書くなかで身につけていった。無味乾燥な記述にも見えるが、できるだけ事実を正確に語ろうとする「叙事的な記述」ともつながっていく。小説では、未来へのヴィジョンが、華美な形容詞や大げさな比喩といった装飾的な形で出現するとは限らないのである。イギリスのSF小説に、人間関係よりも世界や宇宙の変化を記述する系譜が根づいたのは、やはりウェルズの功績といえる。

ウェルズは小説家として第一次世界大戦後も作品を発表していた。だが、『宇宙戦争』の続編ともいえる火星人が地球に侵略していて火星化しつつある様子を描く『生み出された星』（一九三七年）とか、ユートピア人とテレパシーで意思疎通ができる『神々のような人々』（一九二三年）といった小説を書いても、以前のパターンの焼き直しとみなされた。ウェルズに対する世間の関心をひくのが、ショックを与える奇想を描く小説家から、レーニンやルーズベルトなど政治家と対談する、社会評論家の面になってしまった。

そこで、初期のSF作品のような科学技術的な解決ではなくて、社会政策を通じて自分の考えを実現しようと試みた。委員会に参加し、多数の小冊子を出版し、雑誌などに投稿する。けれども、「戦争を終了させるための戦争」、「世界人権宣言」、「国際連盟」から「国際連合」といった組織体の建設、という具体的な話になった瞬間に、ウェルズの努力は現実政治に巻き込まれ、いつの間にか理念も骨抜きとなってしまう。その絶望から、再び新しい話題を発見し、社会的な取り組みをして、また挫折を繰り返すわけだ。フェビアン協会もそうした経緯で離れることになる。だが、それでも社会参加をあきらめないのは、現状への懐疑を続けるという科学的な探究心のせいだった。おかげで、社会のさまざまなレヴェルにおける衝突が、ウェルズの目に見えてきて、激しい文句や提言を述べたくなってしまうのだ。

ウェルズ本人が生涯に渡って持っていた信念をアン・ヴェロニカが代弁している箇所がある。彼女はある瞬間に、自分が大学で勉強している生物学の体系が、フェビアン協会などで追及している社会の事象と深く関連すると気づくのだ。理論と実践、あるいは自然界と人間社会とが対立したり衝突するわけではないと理解する。そして、アン・ヴェロニカは自分自身が「永遠なる生物であり、淘汰、増殖、そして死滅または存続の旅を繰り返し続けている」と考えるようになる。ここには他の生物から聖別された人間の魂はない。自分も「種」としてのホモ・サピエンスの一員という考えであり、同時に自然界との連続性をも感じている。

ウェルズ本人も『ホモ・サピエンス　将来の展望』のなかで、自己解剖こそがさまざまな意見での出発点なのだと主張するときに、それはウサギを解剖するのと同じだと表現する。自分自身さえも解剖学の授業での対象の生物のように把握している。ウェルズはどこまでも、生物学教師として、自然界から人間社会の個人や集団までを観察し、解剖し、思考のふるいにかけてきたのだ。そして教師だからこそ、生徒たちに知を与え、啓蒙し、引き上げて、議論させせようと考えていた。たとえそれが迷える子羊を思い通りに先導しようとする宗教的な牧者に似ていたとしてもである。

ウェルズはたえず現実と衝突し思索を重ねる。その結果として、「世界国家」の建設を目指すユートピア小説が、あるいは人類を「滅びる種」として把握するディストピア小説が描かれてきたにすぎない。人類が最終的に滅びても、魂を救済する神を認めないウェルズにとって、じつはユートピアもディストピアも大きな違いはない。人類が生存している限り、よりよい高みを目指すように努力することを運命づけられていると考えているだけなのである。それがH・G・ウェルズという男が一生をかけて書いてきたものなのだ。

# あとがき

Ｈ・Ｇ・ウェルズは名前がよく知られているが、読まれる機会がかつてほどではなくなった古典的ＳＦ作家である。今年二〇一六年が生誕一五〇周年で、没後七十周年にもあたる。いわゆるメモリアル・イヤーなのだ。

ウェルズは『タイムマシン』や『透明人間』や『宇宙戦争』など、今でも小説や映画やマンガなどでお世話になっているアイデアの創始者なのだが、作品のタイトルやあらすじを何となく知ってはいるが、はっきりとどんな内容かを把握していない人が多いだろう。古典とはそういう宿命を持つのである。そこで、この本では、代表的な作品を内容も説明し時代順に扱いながら、ウェルズが現代社会に与えてきたインパクトを考えてみた。

ウェルズが活躍していたのが第二次世界大戦後まで続くとは思っていなかったので、先見性にあらためて驚いたというのが正直な気持ちである。「歴史は改変できるのか」「生物を改造することは人間をどのように脅かすのか」「透明な人間はどんな監視や支配の道具となるのか」「核戦争の危険はどの程度あるのか」「戦争を終わらせる戦争はありえるのか」「新しいテクノロジーはユートピアをもたらすのか」といったウェルズの問いかけは、今もなお明確な答えのないままである。その意味でウェルズの作品群はアクチュアルなのだ。

しかも、思っていた以上に、ウェルズがイギリス作家なのだというのも書きながらの発見だった。楽天的な作家だと思いこんでいたのは、アメリカ流に翻案されたウェルズであり、かなりペシミスティックなのを確認して、いかにもイギリス小説だと思えたのだ。露骨にわかるレヴェル以外にも、あちこちに階級や人種や社会の出来事への皮肉たっぷりな表現が含まれている。

思い起こせば、ウェルズの作品を最初に読んだのは、おそらく小学館の「少年少女世界の名作文学」全五十巻の「イギリス編7」でだった。この巻は、今読んでもラインナップが見事で、『ピーター・パン』とオルツィの『紅はこべ』の翻案があり、さらにW・H・ハドソンの『ラプラタの博物誌』が並ぶ。空想と現実の冒険物に南米の自然誌という組み合わせがかなり渋い。そしてマンスフィールドの短編「人形の家」に、テニソンの物語詩「イノック・アーデン」が入っている。そうした中にウェルズの『透明人間』も含まれていた。イラストをふんだんに取り入れたシリーズで、文章よりも挿絵のほうをたくさん覚えている。

それ以来、ウェルズはずっと心に引っかかっていて、『タイムマシン』も『宇宙戦争』も、小説だけでなく映像でも楽しんできたが、アポロの月面着陸をテレビで追いかけて、一九八〇年代のサイバーパンクなどで育った身としては、タコ型火星人が出てくる古臭い「子供だまし」のSFの作者だとずっと思っていた。ところが蒸気機関が活躍する「スチームパンク」などが台頭した後に、ドイルやウェルズが描いた世界に急に親しみを覚えるようになった。一〇〇年前なのに新しいというのは、やはりそれだけの問題提起を含んでいるせいなのだ、と理解するようになったのが、ここ最近のことであり、執筆するなかでウェルズの重要性がはっきりと確認できた。この本は簡単ながらその報告書でもある。

なお、文中ではすべて敬称を略している。また、事実誤認などのご指摘をいただければ幸いである。また、巽孝之先生から推薦の言葉を頂いたのは望外の幸せである。最後に、編集を担当してくれた勉誠出版の大橋裕和氏には、企画の段階からいろいろとお世話になったことに、いくら感謝を述べても足りない。

二〇一六年五月吉日

小野俊太郎

## ◎巻末参考文献

H・G・ウェルズの主要作品については、ペンギン版やエブリマンズ・ライブラリー版を参考にした。それ以外の作品に関しては、電子書籍の *Delphi Complete Works of H. G. Wells* (Delphi Classics, 2011) を参照した。これが現在手に入る全集版である。扱った作品については各章末を参考のこと。以下は言及した文献を登場順にあげてある。

ノーマン&ジーン・マッケンジー『時の旅人――H. G. ウェルズの生涯』村松仙太郎訳（早川書房、一九七八年）
デイヴィッド・ロッジ『絶倫の人　小説H・G・ウェルズ』高儀進訳（白水社、二〇一三年）

＊

Patrick Parrinder and H. G. Wells, *H. G. Wells: The Critical Heritage* (Routledge and Kegan Paul, 1997)
David Wittenberg, *Time Travel: The Popular Philosophy of Narrative.* (Fordham UP, 2013)

＊

John Batchelor, *H.G.Wells* (Cambridge UP, 1985)
ダグラス・スター『血液の物語』山下篤子訳（河出書房新社、一九九九年）
Adrian Desmond, *Huxley: From Devil's Disciple to Evolution's High Priest.* (Perseus, 1999)
David L. Gollaher, *Circumcision: A History of the World's Most Controversial Surgery* (Basic Books, 2000)
ウェンディ・ムーア『解剖医ジョン・ハンターの数奇な生涯』矢野真千子訳（河出書房新社、二〇〇七年）
マーク・トウェイン『赤道に沿って（上・下）』飯塚英一訳（彩流社、一九九九年）
Donald J. Childs, *Modernism and Eugenics: Woolf, Eliot, Yeats, and the Culture of Degeneration* (Cambridge UP, 2001)

Peter Kemp, *H. G. Wells and the Culminating Ape: Biological Imperatives and Imaginative Obsessions* (Palgrave, 1996)

*

Graham Anderson, *King Arthur in Antiquity.* (Routledge, 2003)

Lawrence R. Samuel, *Supernatural America: A Cultural History,* (Praeger, 2011)

Keith Williams, *H.G. Wells, Modernity and the Movies,* (University of Liverpool Press, 2007)

ジョン・ハーヴェイ『心霊写真——メディアとスピリチュアル』松田和也訳（青土社、二〇〇九年）

Fred Nadis, *Wonder Shows: Performing Science, Magic, and Religion in America.* (Rutgers UP, 2005)

Deaglán Ó Donghaile, *Blasted Literature: Victorian Political Fiction and the Shock of Modernism* (Edinburgh UP, 2011)

*

マージョリー・ホープ・ニコルソン『月世界への旅』（国書刊行会、一九八六年）

Charles W. J. Withers, *Placing the Enlightenment: Thinking Geographically about the Age of Reason* (University of Chicago Press,2007)

富山太佳夫『シャーロック・ホームズの世紀末』（青土社、一九九三年）

丹治愛『ドラキュラの世紀末——ヴィクトリア朝外国恐怖症の文化研究』（東京大学出版会、一九九七年）

Michael D. Gordin, Helen Tilley, and Gyan Prakash, eds. *Utopia/Dystopia: Conditions of Historical Possibility.* Princeton, (Princeton UP, 2010)

I. F. Clarke (ed), *The Tale of the Next Great War, 1871-1914: Fictions of Future Warfare and of Battles Still-To-Come* (Syracuse UP, 1995)

ジョージ・スタイナー『トルストイかドストエフスキーか』中川敏訳（白水社、新装復刊版、二〇〇〇年）

ハードレイ・キャントリル『火星からの侵入——パニックの社会心理学』斎藤耕二・菊池章夫訳（川島書店、一九八五年）

＊

Theo Farrell & Terry Terriff, *The Sources of Military Change: Culture, Politics, Technology*（Lynne Rienner, 2002）

Marion Girard, *A Strange and Formidable Weapon: British Responses to World War I Poison Gas*（University of Nebraska Press, 2008）

W. Warren Wagar, *Open Conspiracy: H.G. Wells on World Revolution*（Praeger, 2001）

アーサー・C・クラーク『未来のプロフィル』福島正実訳（ハヤカワ文庫、一九八〇年）

＊

George Orwell, *My Country Right Or Left 1940-1943*（Harcourt, 1971）

Ian K. Pepper, *Crime Scene Investigation: Methods and Procedures*（Open University Press, 2005）

Kevin Maney, *The Maverick and His Machine: Thomas Watson, Sr., and the Making of IBM*（John Wiley & Sons, 2003）

Ann L Ardis, *New Women, New Novels: Feminism and Early Modernism.*（Rutgers UP, 1990）

Patrick Parrinder, *Shadows of the Future: H.G. Wells, Science Fiction, and Prophecy*（Syracuse UP, 1995）

Dan Stone, *Breeding Superman: Nietzsche, Race and Eugenics in Edwardian and Interwar Britain*（Liverpool UP, 2002）

土居光知『ウェルズと世界主義』（生活社、一九四六年）

## ウェルズ年譜

| | |
|---|---|
| 1886年 | 9月21日ケント州に生まれる。 |
| 1874年 | 秋に足を折り、ベッドで読書に目覚める。 |
| 1885年 | T・H・ハックスリーに教わる。 |
| 1888年 | 『タイムマシン』の原形を雑誌に発表する。 |
| 1891年 | 「ユニークさの再発見」を発表する。イザベルと結婚する。 |
| 1895年 | 『タイムマシン』、『盗まれたバチルス』を出版する。イザベルと離婚し、エイミーと結婚する。 |
| 1896年 | 『モロー博士の島』、『偶然の車輪』を出版する。コンラッドやジェイムズと知り合う。 |
| 1897年 | 『透明人間』を出版する。 |
| 1898年 | 『宇宙戦争』を出版する。 |
| 1901年 | 『予想集』、『月世界最初の人間』を出版する。 |
| 1903年 | フェビアン協会に参加する。 |
| 1904年 | 『神々の糧』を出版する。 |
| 1905年 | 『モダン・ユートピア』、『キップス』を出版する。 |
| 1906年 | 『彗星の時代』を出版する。フェビアン協会を脱退する。 |
| 1908年 | 『空中戦』を出版する。 |
| 1909年 | 『トーノ・バンゲイ』、『アン・ヴェロニカの冒険』を出版する。 |
| 1914年 | 第1回ロシア訪問。『解放された世界』を発表する。愛人であるレベッカ・ウェストとの間に子供が生まれる。第1次世界大戦（-1918年）勃発。 |
| 1916年 | イタリア、フランス、ドイツの前線を訪問する。 |
| 1918年 | 国際連盟を提唱する。反ドイツの姿勢を強める。 |
| 1920年 | 第2回ロシア訪問。レーニンと会い、『ロシアの影』を出版する。 |
| 1922年 | 労働党に参加する。 |
| 1923年 | 『神々のような人々』を出版する。 |
| 1933年 | 『来るべき世界の姿』を出版する。 |
| 1934年 | 第3回ロシア訪問。スターリンと会う。アメリカを訪れ、ルーズベルト大統領と会う。『自叙伝の試み』を出版する。 |
| 1939年 | 『ホモ・サピエンスの運命』を出版する。第2次世界大戦（-1945年）が勃発する。 |
| 1946年 | 8月13日死去する。 |

作製にあたって、Richard Hauer Costa, *H.G.Wells*（Twayne,1967）に依拠した。

【著者紹介】

**小野俊太郎**（おの・しゅんたろう）

1959年生まれ。文芸評論家。成蹊大学などで教鞭もとる。著書に『スター・ウォーズの精神史』（2015年）、『フランケンシュタインの精神史――シェリーから『屍者の帝国』へ』（2015年）（いずれも彩流社）など、多数。

**未来《みらい》を覗《のぞ》く　H・G・ウェルズ**

**ディストピアの現代《げんだい》はいつ始《はじ》まったか**

2016年7月1日　初版発行

著　者　小野俊太郎

発行者　池嶋洋次

発行所　勉誠出版 株式会社

〒101-0051　東京都千代田区神田神保町3-10-2

TEL：(03)5215-9021(代)　FAX：(03)5215-9025

〈出版詳細情報〉http://bensei.jp

印　　刷　平河工業社

製　　本　若林製本工場

装　　丁　萩原　睦（志岐デザイン事務所）

ISBN 978-4-585-29127-5　C0098